小学館文庫

王と后

（四）故郷の昏い真実

深山くのえ

小学館

目次

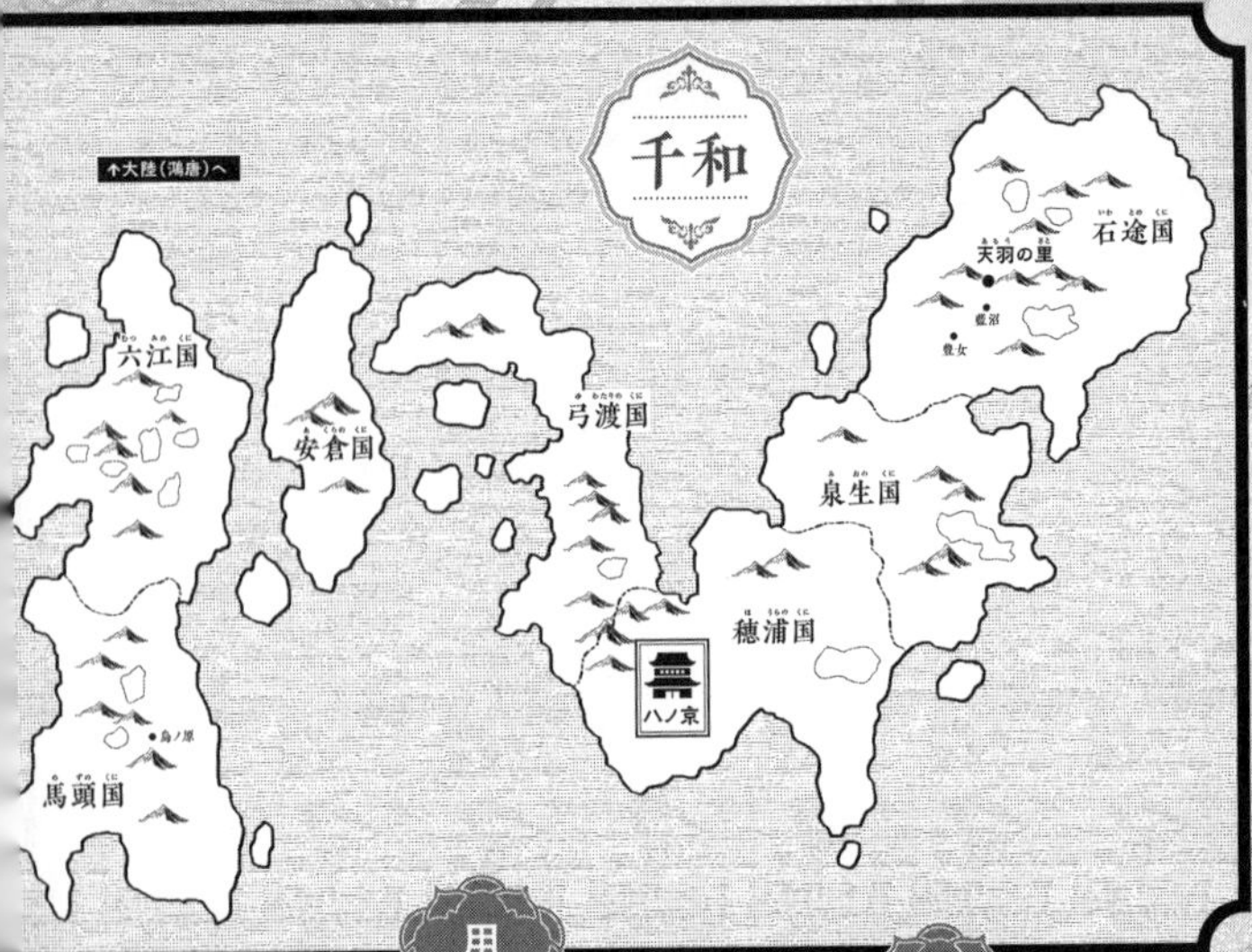

用語

千和【ちわ】
神話に由来する八家が支配する国。石途国、泉生国、穂浦国、弓渡国、安倉国、六江国、馬頭国から成る。

八ノ京【はちのきょう】
千和の都にして最も神聖な地。

術【わざ】
火や水、風や土などに類似する霊的存在を扱う特別な力。
八家の者だけが持つ。

天眼天耳【てんげんてんに】
「天眼力」「天耳力」を合わせて呼ぶ呼び名。心を鳥のように飛ばし、見聞きすることができる力。

火天力【かてんりき】
一嶺の者が使う術。火に類似する霊的存在を扱う

八家

【貴族六家】

天羽 あもう
※現在は八ノ京を離れている

明道 あけみち

一嶺 いちみね

浮 うき

繁 しげり

玉富 たまとみ

【神官二家】

小澄 こすみ

波瀬 はせ

登場人物《とうじょうじんぶつ》

一嶺鳴矢《いちみねなりや》
第六十九代千和王。次の王に予定されていた人物が成人するまでの〝中継ぎ〟の王と呼ばれる。火天力の術を使う。

天羽淡雪《あもうあわゆき》
天羽の里で生まれ育った巫女。一嶺鳴矢の后に選ばれた。天眼天耳によって遠くの物事を見聞きすることができる。

鳥丸和可久沙《とりまるわかくさ》
内侍司の典侍（次官）。

明道静樹《あけみちしずき》
先代（第六十八代）の王。

天羽空蝉《あもううつせみ》
前后。淡雪の叔母。

繁銀天麿《しげりぎんてんまろ》
次代の王とされる少年。

繁三実《しげりみつざね》
第六十五代の王。

百鳥真照《ももとりまてる》
鳴矢の乳兄弟。蔵人。

浮希景《うきまれかげ》
鳴矢の側近。蔵人頭。

竹葉紀緒《たけばきを》
淡雪の世話係。掃司の尚掃。

貝沼伊古奈《かいぬまいこな》
淡雪の世話係。掃司の典掃。

小田垣沙阿《おだがきさあ》
淡雪の世話係。掃司の典掃。

砂子真登美《すなごまとみ》
淡雪の護衛。兵司の尚兵。

坂木香野《さかきかの》
内侍司の尚侍（長官）。

大渡流宇《おおわたりるう》
新しい内侍司の典侍。

序章　捨てたい夢

その里は、山あいに流れる細い川に沿って少し開けたところにあり、昔は猟のときに使う山小屋や炭焼き小屋が、数軒あるだけの場所だったという。

七十年前、そこへ突然、都である八ノ京《はちのきょう》から、数十人の一族が移り住んだ。木を切り、草を刈り、土地を少しずつ広げ、家を建て、近隣の村々から一族に縁のある者たちを呼び寄せ、冬に深く降り積もる雪に苦労しながら、そこは何年もかけて村里になっていった。

　里は川に沿って造られ、山の麓の村に近い下流側、つまり里の出入口付近に、最初に都から来た一族のための家が建ち、人が増えるにつれて上流側、山の奥に向かって里が広げられた。そのため初めは里の最も奥にあった、他の家々より少し高い場所に建てられた里の長《おさ》の家と、長の家の対岸に山の中腹の斜面を削って造られた、神々を祀《まつ》る社と祈るための館は、二十年ほどが経《た》つと、里の真ん中あたりに位置するようになっていた。

いまは住まいも百軒近くになり、それぞれが家の周りの小さな畑を耕し、炭を焼き、川で魚を獲《と》り、山奥で獣を狩りながら暮らしている。

都にいたころなど、遠い昔。近隣の村との交流もとぼしく、生活はすっかり閉ざされていた。もはや何故《なぜ》このような山里にいるのか、どうして都から移ってきたのか、考える者もいない。

川から水を汲《く》む少年も。栗《くり》の木から落ちた実を拾う少女も。狩った鹿の皮をなめす青年も。社を見上げて祈る言葉をつぶやく老女も。誰も彼も似かよった陰鬱な顔で、ただ日々をやりすごしているだけ。

こんな日常を続けた先に何があるのか。そこに明るいものはあるのか。わからないまま年を重ねるうちに、気づいてしまった。

ここに生まれ、生き続けることに、何の希望もない。この里は呪いに満ちている。里にいる限り、その呪いにとらわれ続けるのだ。逃れたければ、里を出るしかない。だが逃れられない。逃してはもらえない。

どうすれば――

「……」

目を開けると寝息が聞こえた。首を傾けそちらを見る。幼い息子と娘はよく眠っていた。思わず深く息をつく。

「どうした。……うなされてたぞ」

反対側から子供たちの眠りを妨げないくらいに小さく声をかけられ、首を逆に傾けると、夫が片肘をついて上体を起こし、こちらを見下ろしていた。

「……あたし、うなされてたの？」

「ああ」

「そう……。里にいたころの夢を見たせいかも」

「忘れろ」

簡潔に無茶なことを言う夫に、つい、声を立てて笑ってしまう。子供たちを起こしてしまうかと思ったが、寝息は変わらなかった。

「起きてるうちは、思い出しもしないのよ。……あなたのおかげで」

「寝てるときも思い出すな」

「そうしたいわね……」

笑ってそう言いながら寝返りを打つと、夫の腕に背中を抱き寄せられる。

……もう大丈夫。

自分は逃れられたのだ。閉ざされたあの里の、呪いのような何かから。

その事実を心の中で確かめ、もう一度ゆっくりと息を吐き、夫の胸にもたれて目を閉じた。

第一章　変わる後宮

昼間、絶え間なく聞こえていた蛙《かえる》の声は、日が落ちていつのまにか止《や》んでいた。

淡雪《あわゆき》はすでに閉じた窓に向いて置いてある長椅子に腰掛け、目をつぶる。

天羽《あもう》の里からこの都へ来たのが、二月末。すでに五月に入り、后《おおきさき》としての暮らしもふた月半近くになった。

まだ、ふた月半に満たない。たったそれだけのうちに、自分がこれほど、何もかも変わる日が来ようとは、里にいたころには思いもしなかった。

そう、たとえば、こうして誰かの訪れを、心待ちにするようなことも。

……でも、ちょっと遅くない？

いつもなら、もう来てもいいころだ。そう思って『目』を開ける。

壁を抜け、外に出た。月はあるはずだが、雲にさえぎられているようで、あたりの様子はほとんど見えない。離れた場所をも見通せる天眼天耳力《てんげんてんにりき》も、闇夜では役に立たなかった。

　そのとき、ぼんやりと明るく動くものを見つけた。后の住まいである冬殿は、高い竹垣に囲まれている。どうやら明るいのは、竹垣の向こう側だ。そしてあの速さは、きっと走っている。

　微苦笑を浮かべ、淡雪は目を開けた。長椅子から立ち、部屋の裏手の扉を開けて、裏門の見えるところに出る。

　それほど経たず閂《かんぬき》の上がる音がして、裏門の戸が開いた。

　火天力《かてんりき》による『火』の塊を灯火《ともしび》代わりに頭上に浮かべた鳴矢《なりや》が、走ってきた勢いのまま飛びこんでくる。

「いくら周りを明るくしても、この時季は道が悪いんですから、走ると危ないですよ」

　声をかける間にも、鳴矢は蹴るように沓《くつ》を脱ぎつつ、前のめりで階《きざはし》を駆け上がり、立ち止まることなく走ってきて——淡雪はそのまま抱きしめられた。

「……ごめん、遅くなった……」

「それほどでもないですから。……中に入りましょう」

「うん。……あ」

その前に、と言って、鳴矢は淡雪に軽く口づける。

最近では挨拶のように、逢《あ》えばまず唇を重ねてくるのだ。そんな習慣を自分が何の疑問もなく受け入れていることも、ふた月半前なら信じられなかったはずだ。

ゆっくりと唇を離し、淡雪は鳴矢を見上げる。

「何か、ありました……？」

「いや、神事から帰っていろいろやってたら、湯浴《ゆあ》みと夕餉《ゆうげ》がちょっとずつ遅くなっただけ。大丈夫、用事は全部すませてきたから」

今日は、月に一度の神事の日だった。八ノ京には四つの社があり、五月は都の南東にある巽《たつみ》の社まで出かけたのだが、その牛車に乗っての移動中、日ごろ後宮から動けない淡雪の天眼天耳の力の限界を超えた場所にある、六十五代目の王《おおきみ》だった繁三実《しげりみつざね》の館を『目』で見た淡雪は、そこで気になる会話を聞いたのだ。

「いろいろって、鳥丸《とりまる》の典侍《ないしのすけ》のことですよね。どうなりました？」

淡雪が扉を開けると、鳴矢はもはや慣れた様子で部屋に入り、いつものように淡雪の寝台に腰を下ろす。

「ああ、それなら――って、見てなかった？」

「今日は、昼から縫司《ぬいのつかさ》の子たちが新しい衣のことで相談に来ていたので、『目』を使えなくて……」

先だって、後宮女官の烏丸和可久沙《わかくさ》が、鳴矢に毒の塗られた水差しを無理やり使わせようとして、王殺害未遂の嫌疑で密《ひそ》かに捕縛された。その水差しは十年ほど前にも当時の后を排除するために使われていたが、どちらの場合も和可久沙自身には相手を害する意図はなく、結果として三実に利用される形であったため、鳴矢と淡雪は王の側近である蔵人頭《くろうどのとう》の希景《まれかげ》と協議し、三実の謀略を知る生き証人として和可久沙を保護することに決め、和可久沙は別の微罪で辞職したということにして、三実に知られる前にその身柄を隠そうとしていたところだった。

そのため和可久沙は、対外的には病で休養中ということにしてあったのだが、三実の側ではその話をあやしみ、使者を和可久沙と面会させようとしており、もし面会ができなかった場合は、この件での巻き添えを恐れて先に後宮を辞めた和可久沙配下の女官たちを尋問しようとしていると――淡雪は牛車の中から『目』で見て得たそれらの情報を、巽の社に着いてすぐ、鳴矢に伝えていた。

三実の使者は、今日の昼過ぎに和可久沙を訪ねると言っていた。使者が和可久沙と面会できず、辞めた女官たちに詳細を語られてしまったら、まだ三実には伏せておきたい和可久沙の身柄拘束が知られてしまう懸念があったのだが。

「あ、そうなんだ。じゃあ昼からあとのことは全然知らないかな。問題ないよ。三実王の使者には、烏丸の典侍に応対に出てもらったから」

「えっ？」

鳴矢の隣りに座ろうとしていた淡雪は、突っ立ったまま目を瞬《またた》かせた。

「中宮職に、鳥丸の典侍に来客があったら名前を聞いて、もし三実王の使いだったら待たせるように言っておいたんだよ。で、本当に来たから、鳥丸の典侍には具合悪いけど病を押して出てきたっていうふうに、使者に会ってもらった」

鳴矢は何でもないことのように話しているが。

「あの、蔵人頭などに訊《き》かれませんでしたか？　どうして三実王の使者が来ることを知っていたのか、とか……」

「それは大丈夫。もしかして鳥丸の典侍の様子を見に三実王の使者が来ることがあるかもしれないと思って、事前に中宮職に通達しておいたんだ、って、希景には言ってあるから」

「……すみません」

小さな嘘《うそ》ではあるが、鳴矢が最も頼りとしている側近にまで偽りを言わせてしまったことが申し訳なく、淡雪はうつむいた。

「え、何が？　ああ、いや、これ、本当は先にやっとかなきゃいけないことだったよな。鳥丸の典侍から、定期的に三実王の使者が来るって聞いてたんだし。淡雪が見てくれて、間に合ってよかったよ」

天眼天耳の力のことを、周囲に説明できたら話は早いだろうに、鳴矢は知られたくないというこちらの意思を、尊重してくれるのだ。

淡雪は腰を屈《かが》め、鳴矢の体に両腕をまわしてぎゅっと抱きしめる。

「ん。……何、もう話は終わりでいい？」

「まだです……」

苦笑しつつ腕を離し、淡雪も鳴矢の横に腰掛けた。

「三実王の使者は……鳥丸の典侍が病だと、納得したのでしょうか？」

「鳥丸の典侍をちゃんと女官の格好で中宮職に行かせて、一応、希景と真照《まてる》に隠れて話を聞いてもらった。典侍、前よりは落ち着いたけど、籠りきりだから顔色悪いし、膝が良くないからふらふらして、変な言い方だけど、病人らしく見えたよ」

三実の使者は、見るからに不調の和可久沙に見舞いの言葉をかけるでもなく、最近内侍司《ないしのつかさ》の女官がまとめて辞めた件についての説明を求めたという。

それに対して和可久沙は、掌侍《ないしのじょう》の二人が結婚を理由に辞めるのは前々からあった話で後継もすでに決まっている、小野《おの》の典侍にも良縁があり、先方が可能ならば秋にも婚儀をしたいということだったので、ならば支度もあるだろうから早めに辞めたほうがいいと言って送り出した、ところが自分が急に体調を崩したのはまったくの予想外で、しかしいまさら小野の典侍に戻ってもらうわけにもいかない、いま病の床で頭を抱えながら次の典侍を選んでいる最中なのだ――とため息まじりに語り、何とも間が悪かったと、しきりにぼやいた。

どうやら愚痴に付き合う気は微塵《みじん》もなかったらしい使者は、それだけ聞くと、用はすんだとばかりに、しらけた顔でさっさと帰っていったそうだ。何とも冷淡である。

「では、女官が一度に三人辞めたことについて、これ以上の追及は……」

「ないと思うよ」

それなら、最も警戒すべき三実には、少し時間稼ぎができたということだが。

淡雪は『目』で見た三実の様子を思い出し、無意識に肩を強張《こわば》らせ、自分で自分の腕をさすっていた。

「……淡雪？」

「あ。……ちょっと、あの……昼間見た三実王が、とても怖いというか、不気味な人だったもので……」

「どんな？　俺、会ったことないんだ」

淡雪は三実の館や部屋、庭の造り、そして侍女《まかだち》たちの様子、三実が足を揉《も》む侍女の頭を叩《たた》いたことや、使者の男との会話、そのときの三実の表情、声色まで、見たまま聞いたままを鳴矢に伝える。

「……人を傷つけることに、ためらいがないのだと思います。鳥丸の典侍から聞いた話でも、そんな気はしましたが……。典侍があれほど恐れて、逆らわないように気を遣っていたのも、わかります」

「関わりたくない相手だけど、うっかり関わっちゃったら、なるべく敵にまわしたくないって思うだろうな、それは」

鳴矢もうなずき、そして少しのあいだ何か考えこむ素振りをしていた。

「……典侍をただ寺に移すだけじゃ危ないかもしれない。三実王に、典侍はもう都にいないって思わせておかないと……。うん。この件はもう一度詰め直す。明日にでも希景と話し合っておくか」

自分の両膝を一度ぽんと叩き、鳴矢は淡雪の顔を覗《のぞ》きこむ。

「これはこれとして、昼間、もうひとつ伝えることがあるって言ってなかった？」

「そう——そうなんです。もうひとつ、見たものが」

淡雪はあわてて、鳴矢の袖を引いた。

「あの、三実王の館の前に、空蟬《うつせみ》姫と、前の王の恋人だという庭師がいたんです」

「んっ？」

鳴矢の眉間に皺《しわ》が寄る。

「その二人が、三実王を訪ねてきたってこと？」

「いいえ。塀に張りついて、中の様子をうかがっていました。空蟬姫の『鳥の目』で」

淡雪が塀に手と片耳を当てて聞き耳を立てるような動作をしてみせると、鳴矢は首を傾《かし》げて額を掻《か》いた。

「でも、空蝉姫の力はあんまり強くないって、たしか前に淡雪から聞いたような」

「そうです。おそらくは隣りの部屋を見る程度が限界で、しかも長い時間は使えません。だからわざわざ八日を選んで、三実王の館に行ったようです」

神事が行われる毎月八日は、力を持つ者にとっては、最も『術《わざ》』を使いやすい――力そのものが強まる日とされている。

「それでも空蝉姫の力では、三実王の部屋に何人かいる、というくらいしかわからなかったようです。中の話も聞けず、疲れはてていました。庭師はそれが不満らしくて、二人はあまり友好的な関係には見えませんでした」

「へぇ？　静樹《しずき》王の恋人って、空蝉姫を天羽の里に帰す院司《いんのつかさ》に同行してたって話だったけどな」

それはつまり、空蝉姫が川に落ちて死んだように見せかけて、天羽の里には戻らず都に引き返した、そのたくらみに加担していたということだ。

「庭師は、空蝉姫の力が思ったほど強くなかったので、がっかりしたようです。失望したと、はっきり言っていましたから。力でも、力以外のことでも、もっとあの人のためになる人かと思っていた、とも……」

「あの人っていうのは、静樹王のことだろうな。静樹王に空蟬姫の力が必要な何かがあって、そのためにわざわざ生死を偽ってまで連れ戻したんなら、そりゃ恋人としては、役に立ってもらいたいはずだ」

　顎の先を指でひねりながら、鳴矢は声を低くする。

「それで三実王の館を探ってたってことは……静樹王のほうにも、三実王に対して、何か思うところがあるんだな」

「静樹王が以前話していた、『あのとき何が起きたのか』に、三実王が関わっているかもしれないということでしょうか」

　淡雪は空蟬が密かに都へ戻ったと知って、空蟬が身を寄せている、退位した静樹の住まいである梅ノ院を『目』で見にいったことがある。そのとき静樹は、空蟬の協力を得られるのを喜んで、こうつぶやいたのだ。

　──これできっと近づける。あのとき何が起きたのかに。

　そのとき見聞きしたことは、もちろん後日すべて鳴矢に伝えた。だが鳴矢のほうに静樹が何を探っているのか心当たりはないという。希景も調べているようだが、いまのところ何かわかったという話はない。

　淡雪も鳴矢に頼まれ、後宮の女官たちに、それとなく静樹の在位中の後宮の様子を尋ねてみたが、そもそも男色の静樹が后に興味を持つはずもなく、そのわりに本来は愛妾《あいしょう》のための館に、住まいに困っている女人を何故かたびたび集めてくるので、女官たちはそちらの世話もしなければならず、年中ごたごたしていたと、誰もがうんざりした顔で語ってくれた。ちなみに空蟬は、そんな女官たちが困る様子を、面白がっていたらしい。

どうりで、女官たちが初めから淡雪に対して好意的だったはずだ。少なくとも淡雪は、必要以上に女官の手をわずらわせることもないし、困りごとがあれば話を聞き、ねぎらいの言葉もかけるようにしている。

ついでに言えば、愛妾を置かない鳴矢も、女官たちに高評価だった。人が増えれば揉めごとも増える。後宮の華やかさより、穏やかに日々の仕事ができることを女官たちは望んでいた。鳴矢が愛妾を置かないことに嫌みを言っていたのは、和可久沙くらいのものだ。

「そうかもしれない。希景が静樹王のこと探ってくれてるけど、ちょっと手詰まりになってるらしいから、三実王に関わりがあるってわかったら、何か進むかも」

「……あっ、もうひとつ！」

淡雪は思わず大きな声を上げ、ぱちりと手を打った。

「瑞光平明《ずいこうへいめい》元年の京職亮《きょうしきのすけ》の記録──」

「へ？」

「庭師がそう言っていたんです。空蟬姫に。瑞光平明元年の京職亮の記録が借りられたから、一緒に見ていただきますって」

「瑞光平明元年……」

それは、いまから十九年前の年号だ。

「はい。わたしは瑞光平明二年の生まれなんですが……」

「俺も。……俺たちが生まれる前の年か」

鳴矢が少し目を伏せ、親父《おやじ》が殺された年、とつぶやいた。

はっとして、淡雪はとっさに鳴矢の手を握る。

「ん。……いや、大丈夫。ありがとう」

鳴矢はすぐに白い歯を見せて笑顔を作ったが、年号を聞いて真っ先に思い浮かべたのがそのことだというのは、やはりやりきれない。

握った手は離さずに、淡雪はあえて口調を明るくする。

「京職亮の記録――というのは、何でしょうね？」

「ん？　ああ、京職は都の雑多なことを取り締まる役職。市中の困りごとを受け付けたり、悪いやつを捕まえたりね。京職亮は京職の次官だから、実動に一番関わってる役目だな。その記録なら、一年ぶんでも結構な量があると思うけど」

「空蟬姫は嫌がっていましたね。そういうのは苦手だって、べそをかいて。でも庭師は、字が読めるなら協力してもらう、そういう約束だって、素っ気なくて」

「天羽の民は、みんな字が読める？」

「みんなというわけでは……。天羽本家の人と、一部の男子と、あと巫女《かんなぎ》たちは字を習います。巫女には古い文書を木簡から紙に書き写す仕事もありますから、難しい字でも、わりと読めるんですよ」

得意げに背筋を伸ばしてみせると、鳴矢はようやく自然な笑みを浮かべた。

「それでも得手不得手はありますから、空蟬姫は読み書きが好きではないのでしょうね。また記録？　って、こんな顔をしていましたから」

淡雪がそのときに見た空蟬を真似《まね》て、世にも情けない表情をすると、鳴矢は声を立てて笑い——そして、ふと真顔になる。

「……また、って言ったの？　また記録？　って」

「え？　ええ、そうですね。また、って言っていました。……あ、それじゃ……」

「たぶん、他にも借りた記録があるんだろうな。別の年のか、あるいは京職亮じゃない役職のか……」

「役所の記録ですよね？　簡単に借りられるものなんですか？」

「いや、普通は外に持ち出せないはず……だよな……」

語尾がどんどん小さくなり、鳴矢は考えこんでしまう。

「……とりあえず、これも希景に話しとかないとな」

「蔵人頭、大変ですね」

「これで一度も文句言わないんだから、すごいよなぁ。……けど、三実王と瑞光平明元年の京職亮の記録っていうのは、希景の調べにも、有益な情報になると思う」

大きくうなずいた鳴矢に、淡雪もほっと息をついた。

「よかったです、お役に立てたみたいで……」

「お役に立つどころか、淡雪がいなきゃわからないことばっかりだよ」

鳴矢は淡雪の額に自らの額を合わせ、目を覗きこんでくる。

「けど、力使ってて疲れない？　無理はしたらだめだからね？」

「そこは加減していますから、大丈夫です」

八家に生まれた者でも、力の強さは個々でだいぶ違う。潜在的にどれくらいの力を持っているかによって使える『術』の種類や強さ、持続時間は異なり、過度に使えば身体に負担がかかるのだ。また強い力を持っていたとしても、本人がうまく『術』を使いこなせなければ、それは宝の持ち腐れに等しかった。

淡雪は物心つくかつかないかのころから『目』を使っていたため、十数年をかけて力を調節するすべを身につけてきたと言ってよく、自身の天眼天耳力についてはほぼ正確に把握していた。

「それに、わたしの力、結構強いんですよ。あなたほどではないでしょうけれど」

「淡雪の力は……たしかに、かなり強いんだろうなって思ってた」

言いながら、鳴矢が淡雪の髪をひと房、そっと手に取る。

「明るいところで見ると、ほんと黒いなって。一本ぐらい違う色があるんじゃないかって思ったけど、全然ない。淡雪が前に黒すぎる髪だって言ったけど、ここまで黒いなら、間違いなく強いだろうなって」

「……黒すぎて気味が悪くないですか？」

「え？　いや、ちっとも。俺、もともと烏《からす》の羽とかよく磨《す》った墨とか、ああいう艶のある黒って好きなんだよね。だから淡雪のこの髪もすごく好き」

感触を楽しむかのように、鳴矢は手にした髪に頰ずりしつつ、ごく自然に言った。

「今日の昼間も間近で淡雪の髪が見られたから、あーやっぱりきれいだなって……。あ、きれいなのは髪だけじゃないけど」

「それ以上言わなくていいです……」

淡雪は思わず、鳴矢の口を両手でふさぐ。

間近で見たというのは、巽の社に着いたときのことだろう。牛車が揺れて酔ったと言って鳴矢と話す時間を稼いだため、鳴矢が具合の悪い后を介抱するというていで、淡雪を抱き上げて社の中まで運んだのだ。

　あのあとが少し大変だった。神事は后がしばらく休んでからにするという鳴矢と、車に乗っていただけなのだからすぐ神事は行えるだろうという巽の祝《ほうり》の長が、ひとしきり言い合いになり、しかもその間、鳴矢は淡雪を抱き上げたままだったため、淡雪はずっと、いたたまれなさで衣の袖で顔を隠していなければならなかった。

　結局、本当に車に酔ってふらふらしていた付き添いの尚侍《ないしのかみ》、香野《かの》が、同行した兵《つわものの》司《つかさ》の女官に抱えられて現れたことで、后の具合が悪いのは真実らしいと——実のところ淡雪はまったく酔っていなかったのだが、半刻ほど休んでから神事が行われた。

　もっとも、その半刻のあいだも鳴矢は座って休む淡雪の隣りにぴったり寄り添い、胡乱《うろん》な眼差《まなざ》しを向けてくる波瀬《はせ》家の巫女たちを、威嚇するように終始にらみまわしていたため、淡雪は最後まで顔を上げられず、とても気まずい神事となったのだが。

　ちなみに揺れがひどかった車は、やはりどこかに不具合があったらしく、ちょうど休んだ半刻のうちに修理がされて、帰路には改善されていた。天羽の后が乗る車など、あまり手入れされていないのかもしれない。

　どれほど鳴矢から大切にされようと、世間の「天羽の后」への認識は、そう簡単に変わるものではないのだ。

「……淡雪」

　ふさがれた口の中から、くぐもった、とても低い声で名を呼ばれる。

鳴矢は片手で黒髪をもてあそびながら、もう片方の手で、自分の口を押さえる手をあっさりと外してしまった。

「今度こそ、『火』、消すよ？」

「……」

話すべきことは、ひととおり話したが。

「消すよ」

意思の確認ではなく、もう決まったこととして言い直し、いま口から外したばかりの手のひらに、唇を寄せてくる。

急ぎではなくとも、話したいことはまだあった。

あったが、部屋はすでに薄闇に包まれ、手のひらをくすぐるようにたどっていた唇は、すでに指先に達している。

されるまま手を預けていた淡雪は、そこでようやく人差し指だけを動かし、不穏な唇の形を、ゆっくりとなぞった。——目の前の、楽しげな瞳を見つめながら。

髪のひと房が離され、はらりと肩にかかる。

次の瞬間には、淡雪は強く背を掻き抱かれていた。

「読み書きのできる女官――ですか？」

翌朝、夜殿に戻った鳴矢と入れ替わりで、いつものように淡雪の世話に来た掃司《かにもりのつかさ》の紀緒《きを》、伊古奈《いこな》、沙阿《さあ》の三人に、淡雪はそのような女官の心当たりはないかと尋ねた。

「読み書きができるっていうと、書司《ふみのつかさ》とか薬司《くすりのつかさ》とか……」

「そうよね。でも、できればそういった、一人でも抜けてしまうと支障が出るような専門的な司ではなくて、仕事と読み書きがあまり関係ないようなところにいて、いますぐに他の司に移っても大丈夫という……やっぱり難しいかしら」

淡雪の意図を測りかねたようで、三人は首を傾げている。

「あのね、いま、内侍司にちゃんとした典侍がいない状態でしょう？　鳥丸の典侍はもうすぐいなくなるし、小野の典侍はもう辞めているし」

「ああ、典侍ができる子をお探しなのですね」

やっとわかったと、紀緒が手を叩いた。

「へぇ、典侍って読み書きができなきゃいけないんですね」

「それはそうでしょ。女官の名簿だって管理してるっていうし……」

沙阿がのん気にうなずいて、その脇腹を、櫛《くし》を手にした伊古奈が小突く。

内侍司の次官である典侍は、二人必要だ。一人は和可久沙に当てがあるという話だとしても、もう一人は後宮内から補充しなければならないのではないかと——昨夜、急ぎではないからと、話題にしないままにしてしまったが、先ほど帰りがけの鳴矢に確認してみると、たしかにもう一人についてはまったくの未定だというので、まずは淡雪が女官たちに訊いてみることになったのだ。

「急いでっていうと、どうでしょうねぇ。掃司にはいましたっけ？　あ、紀緒さんは読み書きできるんじゃなかったです？」

「できるけれど、わたくしは無理だわ。現にもう役職をいただいているのだし」

「そうね。尚掃《かにもりのかみ》が典侍になるのは……」

職務上、内侍司のほうが格上とはいえ、長官が次官になっては、降格ということになってしまうかもしれない。何より紀緒にはまだ身近で世話をしてもらいたかった。

「手が足りていそうなところっていうと、縫司か、膳司《かしわでのつかさ》か……」

「ねぇ、流宇《るう》ちゃんは？」

淡雪の髪を梳《す》きながら、伊古奈が思い出したように言う。

「ああ！　流宇ちゃん……で、大丈夫ですかね……？」

「若すぎるかなー……」

「誰？　どこの司？　ちょっと名前に憶《おぼ》えがないのだけれど」

沙阿と伊古奈が背後でひそひそと話しているが、髪を整えている途中では振り向きたくても振り向けず、淡雪は正面にいた紀緒を見上げた。

「兵司の、大渡《おおわたり》流宇のことですね」

「え、兵司？　兵司のどの子？」

「一番小柄な子です。たしかにあの子なら読み書きはできるでしょうが……」

淡雪は、見覚えのある兵司の女官たちの顔を思い浮かべてみる。日ごろ湯殿の番に来るのは尚兵《つわもののかみ》の真登美《まとみ》か、典兵《つわもののすけ》の二人のうちどちらかだ。いずれも流宇という名前ではない。あとは女孺《にょうじゅ》が十人いるはずで、小柄な子というなら――

「あ。……えっ、あの子？　わたしより年下に見えたわ？」

兵司は後宮の警固が主な仕事なので、女官といえど武具も扱う。ゆえに体格のしっかりした者が多いのだが、昨日、巽の社での神事に向かう行列に従っていた兵司の女官の中に一人だけ、兵司にしては小さいと思った娘がいたのだ。

巽の社に着いたとき、車に酔ったと王に伝えてほしいと頼んだら、真っ先に駆けていって鳴矢を連れてきてくれたのが、おそらくその流宇という子だ。

「そうですね。流宇はまだ十五歳です」

沙阿より年下だ。読み書きができても、さすがに典侍にするには早い。

「ただ、流宇は少々事情がありまして、八歳か九歳ごろから後宮で働いていますから……なまじの女官より、ここに詳しいかもしれません。兵司の前に、幾つかの司を転々としていますし」

「どういう子……？」

後宮で六、七年働いているというのなら、立派な古参ではないか。

あっけにとられている淡雪に、紀緒はくすりと笑う。

「働き者の、いい子ですよ。兵司に声をかけておきますから、直接お会いになってみてはいかがでしょう？」

「……そうね。ええ、お願い」

まずは上役である尚兵の真登美がこの件をどう考えるか、というところではあるが
——能力に問題がなければ、気になる点はやはり、まだ十五歳ということだ。

もっとも、三十年も勤めた典侍がこれから罰せられるという、後宮の非常事態だ。

このさい年齢くらいは目をつぶっていいのかもしれない。もちろん、鳴矢と蔵人所《くろうどどころ》が
それでいいと承知すれば、の話だが。

「ところで、后。首の後ろ、かゆくないですか？　二か所も虫刺されが——痛っ！」

「ちょっ、沙阿！　いいの。これはいいの。后、何でもないですから！」

伊古奈がまた沙阿を小突いたらしく、にわかに背後がばたばたする。淡雪は思わず
額を押さえた。……あれほど、襟から出るところに痕《あと》はつけるなと言ったのに。

「大丈夫よ、沙阿。ええ、その虫、いまごろ夜殿で顔を洗っていると思うわ」

「へ？　え、どういう……」

「あー！　簪《かんざし》！　簪取ってきて、沙阿！」

伊古奈が叫ぶ中、紀緒がとてもすまなそうに、淡雪に頭を下げた。


流宇は真登美に連れられて、その日の昼過ぎに淡雪のもとへ面会に来た。

兵司に勤めているにしては小柄で線の細い体つきのその娘は、たしかに昨日、巽の社で見た少女だった。

「この子が大渡流宇です」

真登美の紹介に、流宇はおびえたような目で椅子に座る淡雪をうかがい見て、一礼する。急な呼び出しに警戒しているのだろうか。

「昨日、王を呼んできてくれたのはあなたよね。ありがとう。……わたしが怖い？」

あまりに身を硬くしているので、思わずそう尋ねてしまったが、流宇は真っ赤になって、あわてて首を横に振った。その様子に、真登美が少し困った顔をする。

「申し訳ございません。流宇は人見知りなのです。これでも以前より、だいぶましになったのですが」

「あら、そうだったの。それなら緊張するわね。初めて会ったも同然だもの」

もしかしたら盗賊騒ぎの折にも顔を合わせていたかもしれないが、あのときは淡雪のほうがそれどころではなく、憶えがなかった。

「お、お話しさせていただくのは、今日が初めてですけどっ……后のことは、あの」

赤面したまま、流宇がおろおろと何か言おうとする。淡雪が首を傾げると、真登美が落ち着かせるように流宇の背を軽く叩いた。

「この子は前々から、后に憧れているのです。とてもおきれいな方だと」

「あら」

「賊が侵入したあの件でも、あれほど大変な目に遭われたあとにも気丈なおふるまいで、今度の后はすごい方だと、うるさいくらいでした」

「わたしは、ずいぶん取り乱してしまった憶えしかないけれど……。迷惑に思われていないなら、ありがたいわ」

そう言って淡雪が微笑《ほほえ》みかけると、流宇は水面で餌を食《は》む魚よろしく口をぱくぱくさせて、さらに激しく首を振る。

「そこまで言うならと、何度か湯殿番に同行させようかと思いましたが、いつももったいないもったいないと固辞いたしまして」

真登美は軽く息をつき、目元をやわらげた。

「その気持ちは、わたくしにもわからなくはありません。わたくしでも后のお世話は緊張いたします。そこへこの子も一緒では、この調子で何か粗相がないか余計に気を揉みますので、これまで連れてくることはありませんでした」

「え、真登美さん緊張していたの？　あなたの手はあまりわずらわせないようにしていたつもりだったけれど」

前の后だった空蟬は湯上がりの世話に何かと兵司をこき使ったと聞いたが、淡雪はもともと自分でできることは自分でする質《たち》なので、それほど世話を焼かれているとは思っていなかったのだが。

「いいえ、そういうことではありません。……その、以前、わたくしが后の湯殿番だとお知りになった王が、何と申しますか、あの、とてもうらやましそうなお顔をされまして……。それ以来、わたくしもとても大変なお役目を仰せつかっている気分に」

「……」

鳴矢のせいか。

淡雪はまたも額を押さえる破目になる。今日二度目だ。

「お、王のお気持ちは、よくわかります……。こんなにお美しい方のお世話を間近でできるなんていう光栄、きっと殿方でもうらやましくなると……」

「流宇」

一瞬で真顔になった真登美が、低い声で流宇を止めたが。

「ええ、あの——大丈夫よ、気にしなくて。王はあなたほど純粋にうらやましがっているわけじゃないから」

「え？」

「それより、紀緒さんから聞いている？　いま典侍ができる人を探しているのよ」

とりあえずすみやかに湯殿の話題から離れるべく、淡雪はにっこり笑って真登美と流宇を見た。

「読み書きができて後宮に長く勤めているというなら、適任ではないかと思ったの。兵司のほうで差し支えなければ、推薦したいのだけれど」

「……たしかに流宇は、読み書きはできますが」

「上には尚侍がいるし、典侍だってもう一人いるから、少しくらい人見知りでもできない仕事ではないと思うの。どうかしら。もちろん無理強いするつもりはないから、やりたくなければ断っても構わないわ」

「……」

流宇は明らかな途惑いの表情で、真登美を見上げる。真登美は背筋を伸ばし、あらためて淡雪に向き直った。

「后は、この子について、どこまで御存じでしょうか」

「十五歳で、八つか九つくらいからここで働いていて、読み書きができて、これまで幾つかの司を転々としているって」

「たいへん失礼ですが、それだけで流宇に典侍が務まると御判断されたのですか」

「適さない子なら、そもそも真登美さんがここに連れてこないと思って」

淡雪の返事に、真登美が大きく目を見開く。淡雪はゆったりと笑みを浮かべた。

「あなたの下で働いている子だもの。流宇がどういう子かは、あなたのほうがよほどよく知っているでしょう？　もしあなたが、とても流宇に典侍は無理だと思うなら、一人でわたしのところへ来て、その理由を説明してくれたのではないかしら」

「……それは……」

「流宇がわたしに憧れているというなら、なおさら。真登美さんはそんな流宇の前で、本人の欠点をわたしに伝えるようなことはしない人よ」

その活動を目にする機会は決して多くはないが、それでも兵司がよく統率のとれた組織だということは、淡雪も理解していた。上に立つ真登美が皆をよくまとめ、皆も真登美を信頼していなければ、そのようには動けないだろう。

流宇の推挙は、真登美が流宇を連れてくるか否かで決めてもいいと思っていた。

「……后」

真登美は何度かせわしなく目を瞬かせ、はっと短く息を吐き、それから大きくうなずいた。

「ありがとうございます。……ですが、わたくしはやはり后の御意見も伺うべきだと思い、流宇を連れてまいりました」

「真登美さんは、どう思う？　流宇に典侍をお願いしていいかしら」

「少なくとも、このまま兵司に置いておくのはもったいないとは、常々思っておりました。この子は体を使うよりは、頭を使うほうが向いているはずです」

これでもだいぶ鍛えたのですが、と言って、真登美は細身の流宇を見下ろす。流宇は肩をすくめ、ますます身を縮めた。

「すみません。どうしてもこれ以上、背が伸びなくて……」

「背丈のことだけではなくて、流宇はわたくしのように骨が太くはないから。あまり無理もきかないし。……以前はときどき寝つくことがあったのです。体が弱くて」

淡雪に視線を戻した真登美の表情には、流宇へのいたわりが見えた。

「体が丈夫ではないのに、ずいぶん早くから後宮に入ったのね」

「……家の事情がありまして」

真登美は少し声を落とす。

「大渡家というのは、波瀬家に縁《ゆかり》の豪族ですが、流宇はそもそも波瀬の本家の生まれなのです。……ただ、その、先代の家長が、遅くに外で作った子で」

妾腹《しょうふく》ということだ。それだけで、流宇の立場の弱さがわかる。

「一応、そのときの波瀬の先代家長は、妻に先立たれて独り身だったそうですので、流宇の母親を後添えにすることもできたのではないかと思いますが、すでに五十歳を過ぎて家長の座を退いていたために、それは次の家長が認めなかったと……」

身籠りながらも後妻になれなかった流宇の母親は、実家に戻って子を産んだ。大渡家は豪族の中でも家格はそれほど低くはなく、ゆえに読み書きや行儀作法も学べたのだが、そんな生活も流宇が八歳のとき、父親である波瀬家の先代家長が亡くなったことで一変した。

実家に戻った時点で愛妾の立場からは離れていたが、それでも先代家長に遠慮して独り身を通していた流宇の母親に、他家へ嫁ぐ話が出た。しかし相手の家は、一緒に流宇を引き取ることを拒んだのだという。

「……それで、後宮へ？」

「はい。大渡の家は、あたしが生まれたときは祖父が家長だったのでよかったんですが、そのころは伯父が家長になっていて、あたし、伯父の一家とはあまり……」

言葉を濁しながらも、流宇の表情はそれほど暗くなかった。後宮に入って、すでに六、七年か。家族の縁の薄さを、もはや割り切っているのかもしれない。

「それなら、お休みの日はどうしているの？」

「市に買い物にいきます！　あたし、市が好きなんです」

屈託ない笑顔に、淡雪も目を細める。楽しみがあるなら、それでいい。これ以上の家の話題は無用だ。

「そうなの。……ところで、兵司以外には、これまでどんなところに？」

「はい、えーと、最初は蔵司《くらのつかさ》でした。次が書司で、次が闈司《みかどのつかさ》。それから兵司です」

「……いきなり蔵司なの？」

蔵司は王の書庫の整理や、儀式の用具や宝物を担当するところだ。八歳か九歳の子には、いささか気の張る仕事ではないだろうか。

「身分のせいだと思います。親が役人や商人でしたら、縫司や膳司、あるいは掃司に配属されたでしょうが、波瀬家の血を引く大渡家の娘となれば、後宮の中でも重要な司に入れざるをえなかったのだと」

「ああ……」

真登美の説明に、淡雪は苦笑してうなずく。

「でも、それなら初めから内侍司でもよかったでしょうに」

「子供の面倒を見るつもりはないと、鳥丸の典侍が断ったそうです」

「まぁ。……でも、流宇も内侍司でなくてよかったかもしれないわね。鳥丸の典侍にお守りをしてもらったんじゃ、きっと大変だったわよ。口うるさくて」

おどけた口調でそう言うと、真登美と流宇は顔を見合わせ、声を立てて笑った。

「そうですね。朝から晩までお説教されそう……」

「お互いにとても疲れそうですね、それは」

ひとしきり笑ったあと、だが真登美は少し表情を険しくする。

「……内侍司と蔵司、どちらがよかったのか……。やはり蔵司は、子供には荷が重い役目だと思います。女官たちも流宇を持て余して、結局二年と経たずに書司に移されたそうですので」

後宮で二年を過ごしても、流宇は世間的には子供だ。書司でもなじめず、しばしば縫司や膳司の手伝いにやられたという。結局また二年後には押しつけるように闈司に移されたが、後宮内各所の鍵の管理を担うという仕事は信用第一だと、上役の女官がとても厳しく、そのうえ人員がすべて近い親戚関係で固められていたため、あまりの居心地の悪さに流宇のほうが耐えかねて、半年で異動を願い出た。

そしてようやく十三歳になったばかりの流宇を引き取ったのが、兵司だという。

「兵司の皆さんはとってもやさしいですし、おかげで体も丈夫になりました。これであたしがもっと力持ちなら、お役に立てたんですけど……」

如何《いかん》せん、体を使う仕事である。

「役目柄、『術』の修練だけでなく、武具を持っての鍛錬もします。流宇は、やる気はあるのですが、なかなか体がついてきません」

「体力がないと、『術』を使ってもすぐ疲れるわね」

「はい。それに流宇が使えるのは水天力《すいてんりき》だけです。攻撃には向きません」

流宇の髪は明るい榛色《はしばみいろ》だ。波瀬本家の血を引いているなら、それなりの力を有していてもおかしくないが、後宮ではまず使い道はない。

「いろいろな司にいたことがあるなら、後宮のことをよく知っているわね」

淡雪は微笑を浮かべ、流宇を見た。

「三十年も勤めた鳥丸の典侍が去るということは、後宮がまったく変わるということだと思うの。各々の仕事は変わらないわ。でも雰囲気がね、まるで違うものになるはずよ。……わたしは、流宇が居心地のいい後宮になってほしい」

「お、后の居心地が一番じゃないんですかっ？」

流宇がぴんと背筋を伸ばし、ひっくり返った声で叫ぶ。

「長年ここにいる流宇の居心地がよければ、それは女官みんなの居心地も悪くないということでしょう？　みんなが気持ちよく働いてくれれば、わたしの居心地は自然とよくなるわ。わたしは世話をされる立場だから」

「……あ」

「ただし典侍の仕事を覚えるまでは、きっと居心地の悪い思いをするわよ？　何しろあなたは、鳥丸の典侍がここにいるうちに、いろいろ教わらないといけないから」

途端に流宇は、泣きそうな顔で肩を落とした。

「……朝から晩までお説教ですか？」

「一応、覚悟しておいてね」

「うぅ……がんばります……」

流宇はのろのろと頭を下げる。うなずいて、淡雪は真登美を見上げた。

「ごめんなさいね。引き抜いてしまって」

「いえ。わたくしの実家の伝手《つて》で、すぐに一名補充します。警護に穴は空けません」

「ありがとう」

真登美に笑顔で礼を言い、淡雪はほっと息をつく。

これで、こちらに友好的な典侍が一人は確保できた。だが、問題は――もう一人の典侍だった。


烏丸和可久沙の罪状と処分が合議の場で伝えられるのは、五月二十日と決まった。

流宇は毎日、内侍司で捕らえられている和可久沙の部屋に通い、典侍の仕事を叩きこまれていた。とはいえ、和可久沙の教え方はそれほど厳しいものではなく、時間がないのでとにかくすべて伝えきろうと、むしろ和可久沙のほうが必死だった。流宇も大変そうではあるが、細かい部分まで丁寧に確認し、詳細な覚え書きを作りながら、がんばって習得しようとしていた。

ときどき『目』でその様子を眺め、淡雪は、これなら大丈夫そうだと安堵《あんど》する。

和可久沙が後宮を去るまであと二日となった日、淡雪は鳴矢に連れられて、初めて内侍司の建物に足を踏み入れていた。和可久沙と最後に話をしておきたかったのだ。

内侍司は昼殿のすぐ横にあり、後宮内でも昼殿だけは用があれば役人も出入りするので、面会は役人たちが仕事を終える昼過ぎにした。朝から降っていた雨が上がってすぐだったためか、冬殿からの移動中に女官に姿を見られることもなかった。

淡雪は沓を脱いで階を上がり、軒に入って、また振り出すかもしれない雨避《あまよ》けとして念のため頭に被《かぶ》ってきた布を外す。建物の脇には沙羅の木があり、ちょうど盛りの白い花が雨露に濡《ぬ》れていた。湿った空気が満ちている。

「——淡雪」

中に入ろうとすると、あとから階を上ってきた鳴矢に呼び止められた。鳴矢は衣の懐から何かを取り出す。

「今夜持っていこうかと思ったんだけど、やっぱり明るいところで見せたいから」

「何ですか?」

鳴矢の手元を覗きこむと、鳴矢は片手に乗るほどの布包みをゆっくりと開いた。

現れたのは、銀の簪だった。

すっきりとしていて装飾は少ないが、小指の爪ほどの大きさの赤い宝玉がひとつ、埋めこまれている。

「……きれい……！」

鳴矢に簪を手渡された淡雪は、思わず声を上げ、曇り空にそれを掲げていた。

透きとおったその赤は、薄日にもよく輝き、神秘的で純粋に美しい。宝玉といえば天羽の里で、巫女の長が特別な儀式のさいに身に着けていた翡翠《ひすい》や瑪瑙《めのう》の首飾りくらいしか見たことがなく、こんなに鮮やかな赤い石が存在するなど、知らなかった。

何という宝玉だろうか。これは――

「あなたの髪の色に、よく似ているわ」

淡雪は掲げ持った簪を、鳴矢の前髪に当ててみる。やはりその色を映したようだ。

鳴矢は少しくすぐったそうな表情で、うなずいた。

「うん。まぁ――だから選んだ。紅玉《こうぎょく》っていう石」

「初めて見ます。千和《ちわ》の宝玉ですか？」

「いや、舶来。鴻唐《こうとう》国のずっと西から流れてきたらしい。王になると、たまに献上品なんかがあるんだ。一応、俺がもらっていいってことになってて、でもそんなに高価なもの持ちたいわけでもないから、だいたいそのまま宝物庫にしまって終わりなんだけど、これは淡雪にあげたいと思って」

「うれしいです。ありがとうございます。あなたの髪の色と同じ色のものを身に着けられるって、いいですね」

淡雪が素直に声を弾ませると、鳴矢は頰を緩めて、帯のあたりを探る。

「俺もそうしたんだ。――ほら」

「え？」

鳴矢が見せたのは、刀子《とうす》だった。多くの役人は、紙を切ったり間違えた文字を削ったりするのに使う小さな刀を、帯に紐《ひも》で結びつけて携帯している。文書を扱う鳴矢も常に、帯から刀子を下げているが。

「……これ、真珠ですか？」

鳴矢の刀子は鞘《さや》と柄《つか》が金色で、四角く切り出されたつやのある黒い石と真白く丸い小粒の真珠が、幾つか並んではめこまれていた。

「そう。烏石《からすいし》と真珠。淡雪の色だよ」

言いながら、鳴矢が淡雪の髪に触れる。

「この烏石より淡雪の髪のほうが、もっと黒くてきれいだな。……真珠は、なかなかいいのが手に入ったけど」

「烏石はわかりますけれど、真珠がわたしの色ですか？」

「淡雪の肌だよ。白くてつやつやしてる」

髪に触れていた手が、こめかみをつたって頰に下りてきた。そして手触りを確かめるかのように、指をすべらせる。

「……うん。やっぱり似てる。真珠みたいだ」

「そんなふうに思う人、あなた以外にいないでしょうけど……」

これほど希少で美しいものに例えるなんて、間違いなく惚《ほ》れた欲目だろう。返した言葉は少々呆《あき》れた口調になってしまったが、うれしい気持ちに変わりはなく、淡雪は唇をほころばせ、簪を鳴矢に差し出した。

「では、わたしも身に着けます。髪に挿してください」

「え、俺が？　いや、やったことないし」

「今日はちょうど簪はしてきませんでしたから、結ってあるところ……このあたりに挿してください。半分くらいまで押しこんで」

「え、大丈夫かな。このへん？　で、いいのか……？」

おそるおそるといった様子で、鳴矢が飾り紐で結い上げた髪に簪を挿し入れる。

「こうかな。……いいかな」

「どうですか？　似合います？」

少し首を傾げて頭を見せつつ上目遣いにうかがうと、鳴矢は何故か真顔になった。

「似合う。かわいい。千和一、いや、この世で一番かわいい。もう何かこのまま淡雪連れて夜殿に戻りたくなってきた」

「だめです」

淡雪はなだめるように、鳴矢の胸を手のひらでとんとんと叩く。

「烏丸の典侍と話す時間がなくなってしまいますから。もう行きますよ」

「……」

何も言わずとも鳴矢の表情は、わかってはいるが不満だ、もっと甘やかしてほしいと、雄弁に語っていた。困った夫である。

淡雪は鳴矢の胸に手を添えたまま背伸びをし、すねた顔の顎のあたりに口づける。

「……そこなんだ？　口じゃないんだ？」

「それは夜に」

「淡雪からしてくれるってことだよね？」

「……ですから、夜に」

「言ったね」

にんまりと笑い、鳴矢は淡雪の背を押して、建物の中へとうながした。

「楽しみだなー。淡雪がいろいろしてくれるって」

「勝手に話を大きくしないでください。わたしはいろいろなんて、ひと言も……」

「いいからいいから。あ、これは俺が持っておくよ」

打って変わった上機嫌で、鳴矢は淡雪が頭に被ってきた布を取り上げる。

「俺は中に入らないけど、部屋の外で待ってる。扉は開けておいて。さすがに鳥丸の典侍もいまさら何もしやしないだろうけど、一応、罪人だから」

「わかりました」

部屋には入らずとも、会話が聞こえるところで待機していてくれるということだ。あとでどんな話をしたか説明せずにすむので、そのほうがありがたい。

鳥丸の典侍の部屋の前には、兵司の女官が二人立っていた。一人は真登美だ。普段の見張りは一人のはずだが、淡雪が来るというので真登美も控えてくれるのだろう。

二人は淡雪と鳴矢を見て一礼し、ただいま開けますと告げ、真登美が帯から下げた鍵で開錠した。淡雪は礼を言い、中に入る。

和可久沙は片付けものをしていた。部屋の真ん中には長櫃《ながびつ》が置いてあり、たたんだ衣をしまおうとしていた和可久沙が、淡雪を見て大きく目を見開く。

「后……!?」

「あら、典侍の部屋って、結構広いのね」

もちろんすでに『目』で見て知っているが、「初めて見るふり」をするのは慣れている。淡雪は物珍しそうに室内を見まわしてみせた。

「后、何故ここに……」

衣を長櫃に放り入れ、和可久沙があわてて駆け寄ってくる。

「その様子なら、膝は悪くなっていないかしら？」

「え、ええ。おかげさまで。あの……」

「明後日にはここを出るのでしょう？　出発は夜中だと聞いたから、それでは見送りは無理だと思って、昼間でいいから最後に会っておきたいって、王にお願いしたの。ちゃんと人目につかないように、気をつけてここまで来たのよ？」

にこりと笑うと、和可久沙は呆れたような、しかしどこか安堵したようにも見える表情で、頭を下げた。

「お気遣い、痛み入ります。……ああ、どうぞそちらにお掛けください」

机のそばにあった椅子を淡雪に勧め、自身はその傍らに立った和可久沙に、淡雪はもうひとつの椅子を手で示す。流宇が典侍の勉強のためこの部屋へ通っていたので、椅子が二脚あるのは知っていた。

「ありがとう。あなたもそちらに座って。――荷物をまとめていたの？」

「はい。追放処分ですので、本来は最低限の手荷物しか持ち出せないらしいのですが、王が、櫃にまとめておけば、先に寺へ運んでおいてくださると……」

椅子に腰掛けつつ苦笑し、和可久沙はうつむく。

「まったく、罪人に甘すぎます。寺は広いし、これから何が必要になるかわからないから、持ち物は全部持っていけとおっしゃって……」

「王らしいわね。――あの壺《つぼ》は入れないの？　あれだけ残っているけれど」

それが何かは知っていたが、淡雪は首を傾げてとぼけた。すっかり片付いた棚に、蓋付きの壺がひとつ、取り残されている。

「あれは……蜜です。白湯《さゆ》に入れるために、常備しておりました。ですが、さすがにあれを持っていくのは……」

「あら、持っていけばいいじゃない。寺でも白湯は飲むでしょう。まさか王だって、蜜だけ置いていけなんて言わないわ。ただし、ちゃんと倒れないように持っていかないと、他の荷物が台なしになってしまうかも」

「……しっかり封をするようにいたしましょう」

和可久沙はふっと小さく笑った。ずいぶん穏やかな面差しになった。流宇も、覚悟していたのにちっとも怖くなかったと、拍子抜けしていたという。

「ところで、后。その簪は……」

目ざとく見つけた和可久沙が、身を乗り出してくる。

「前にあなたが言っていた、新しい簪。王がくださったの。とても珍しい宝玉なんですって。どう？　いまいただいたばかりで、わたし、まだ鏡を見ていないのよ」

淡雪がうれしさを隠さずに自分の頭を指さすと、和可久沙は目を細めて席を立ち、机の隅にまとめてあった、まだしまっていない荷物の中から、鏡を持ってくる。

「どうぞ。よくお似合いですよ。挿し方は下手ですが」

「王が挿してくださったから……」

「そうだと思いました」

借りた鏡で見てみると、たしかにいささか曲がってはいるが、手慣れていないのがかえって愛嬌《あいきょう》だ。

しばし鮮やかな赤を眺め、淡雪は和可久沙に鏡を返す。

「ありがとう。これのことでしょう？　わたしが図々《ずうずう》しくもらおうとしていた、王が作らせていた新しい簪」

「……その節は、たいへん失礼いたしました……」

「あなたがこれを盗んだことにしてしまったのだから、こちらこそ悪かったわ」

「いえ、罪状を軽くしていただいたうえに、自ら職を辞するかたちにしてくださいまして……。后のお口添えと聞きました」

「温情だと思わなくていいわよ？」

淡雪はあえて、意地が悪そうに笑みを浮かべてみせた。

「わたしは王の在位中に悪いことが起きてほしくないだけ。起きてしまったとしても、できるだけ事態を軽くしたい。あなたの罪を軽くしたのは、わたしの都合だから」

「……」

和可久沙はじっと淡雪を見つめ——そして鏡を机に置くと、椅子に座り直す。

「それほどまでに王を慕われている后には、酷な話かもしれませんが。……あなたが天羽の出でなければ、王の在位中、何もなくすんだことでしょう」

「え？」

和可久沙は開け放したままの扉のほうに、ちらりと目をやった。そこには誰の姿も見えないはずだが。

「三実王は、天羽家を警戒されています。いえ、正確には、繁家以外の七家すべてを警戒しているが、中でも特に天羽家を警戒している——と言うべきですが」

「……どういうこと？」

「詳しい理由までは、わたくしは存じません。わたくしの立場で、それについて三実王に問うことは許されませんので」

和可久沙の表情は真剣だった。ことさらにおどかそうという様子ではない。ただ、大事なことを伝えようとしているのだ。それはわかる。

「あなたは、三実王のどういうところを見てそう思ったの？」

淡雪も居ずまいを正し、聞く姿勢をとった。

「ひと言でこうとは申せません。長年の何げない会話や態度の積み重ねで、そのように感じるに至ったものですので。三実王は、そう……他の家を、邪魔に思っておいでなのです」

「繁家以外の家が、なければいいと思っているということ？」

「はい。わたくしには、他家を排除したがっておられるとしか見えず……」

淡雪は、静かに息をのんだ。

「……現実的ではないわね」

千和は八家で成り立ち、八家で国の平穏を保ってきたのだ。現状、天羽家が欠けただけでも『術』が不安定になったというのに。

「わたくしもそう思いますが……ああ、だいぶ前に、小澄《こすみ》と波瀬だけは残してやってもいい、と口にされていたことはありました」

つまり、神官家だけは、ということか。

「その二家以外を排してしまったら、政を行うのは繁家だけになるわね」

「……はい」

三実は合議による政ではなく、繁家単独で政の実権を握ることを望んでいるのか。

「それは、繁家の総意なのかしら。いまの家長も同じ望みを持っているの？」

「わかりません。武実《たけざね》様からは、そのようなお話をうかがったことはございません」

和可久沙は首を横に振ったが、総意でなければ不自然ではないだろうか。三実王はすでに齢《よわい》八十を過ぎているという。この国ではかなりの長寿で、己一人で政の野望を抱くような年齢ではない。

淡雪がいぶかしんだのを察したのだろう、和可久沙はもう一度首を振った。

「三実王は御年八十二ですが、何と申しますか、とても気が若く、年齢を超越されているようなところがおありなのです。あの方はいつも、まるで百まで、いえ二百までも生きていかれるような、そんなお話しぶりをされますもので……」

感心しているのではなく、おびえを含んだような表情で、和可久沙がつぶやく。

淡雪は、侍女に足を揉ませていた老人の姿を思い出していた。あの様子からは、とてもそんな若々しさはうかがえなかったが。

「……家の総意かどうかはともかく、そんな権力を欲しているかもしれない繁家の姫を、典侍にしていいのかしら」

和可久沙はすっかり顔色を悪くしている。これから三実の庇護《ひご》を失い、かつ裏切らなければならない立場の和可久沙にとって、三実の話は、する必要があってもやはり負担なのだろう。少し話題を変えてやるため、淡雪は夏麻《なつそ》について訊くことにした。

「夏麻姫は——むしろ、誰よりも繁家を厭《いと》うておられる方です」

「お父君の再婚のことで、いろいろあったから？」

夏麻の父、繁家の家長である武実が、夏麻の母の没後、喪も明けないうちに侍女を後妻にしてしまったことで夏麻と確執が生まれたのだと、和可久沙が語ったという話は、鳴矢を通じて以前聞いていた。

「それもありますが、夏麻姫には、実は想《おも》い人《びと》がおいででして……。その想い人が、繁家と反目しているようなのです」

「ああ、想い人の話なら、前に少し聞いたわ。繁家には、その人のことを知られたくないのだったわね？」

母を亡くしてから家の中で孤立し、縁談も拒み続けてきたという夏麻の事情については、蔵人頭の希景も念のため調べてみたらしいが、和可久沙の話と相違はなかったという。しかし希景の調査能力をもってしても、夏麻の想い人が誰なのかはわからなかったそうだ。

「あなたはその想い人に、全然心当たりはないの？」

「……はい、ございません」

そう返事をした和可久沙が一瞬視線を揺らしたのを、淡雪は見逃さなかった。

「あら、本当はありそう」

「そのようなことは……いえ、もしかしたら……とは思うのですが……」

和可久沙にしては歯切れが悪い。

「ここで働いてもらうのに、想い人なんて詮索する必要はないのよ。ただ、やっぱり繁家の姫というのが、どうしても気になってしまって。憂いをなるべく減らしておくために、少しでもいろいろなことを知っておきたいというか……」

淡雪がため息をついてみせると、和可久沙はますます目を泳がせた。

「……もし、夏麻姫の想い人と、わたくしが見当をつけた相手が、同じであれば……絶対に繁家に知られたくないとおっしゃるわけも、納得がいくのです。ただ、あれが相手ではないかと、見当をつけること自体、夏麻姫に失礼ではないか、とも……」

「あれ？」

夏麻の想い人を、あれと呼んだか。だとすれば、少なくとも和可久沙はその相手に好印象を持っていないということになるが。

「……あまり評判のよい男ではないのです。だから、繁家には知られたくないと思います。そもそも夏麻姫の想い人としては、ふさわしくないのではないかと……」

「まぁ――」

身分が不釣り合いとか、そういう事情ではなかったのか。

「年も離れておいでですし……やはり、わたくしの思い違いでしょう」

忘れてくださいと言って、和可久沙はすまなそうに頭を下げる。

「そうね。本人が秘密にしているのだから、いくら見当をつけても、本当のところはわかるはずないものね」

淡雪が首をすくめると、和可久沙は何度もうなずいた。

「はい。ですが相手が誰であれ、夏麻姫が一途《いちず》なことは間違いありません。曲がったことを嫌う方でございますから、典侍としても、正しくお勤めされるはずです」

「流宇とは気が合いそう？」

「年若い侍女や家人におやさしい方ですので、そこは問題ないかと存じます」

「そちらは大丈夫なのね。……では、天羽の后のことは、どう思っているのかしら」

父親との確執や秘めた想い人の件と、七家が天羽家を疎んじているのは、まったく別の問題だ。淡雪が探るように和可久沙の目を見ると、和可久沙は眉根を寄せた。

「……正直に申しまして、そこはわかりません。もちろん夏麻姫とて、後宮に入れば誰に仕えることになるのか、理解しておいでだとは思います。ただ、わたくしは夏麻姫と、天羽家について話したことがございませんので……」

「話題になったことがないの？」

「はい。そこまで話が及ぶほど、頻繁にお目にかかっていたわけでもありませんし」

「そう……」

では、それは実際に顔を合わせてみてからの出たとこ勝負だ。

淡雪はふっと息をつき、微苦笑を浮かべる。

「なるべく悪く思われないように、わたしが努力するしかないわね」

「……后でしたら、心配ございませんでしょう。あなたは空蟬姫とは違います」

眉間に皺を刻んだまま、和可久沙が声を低くして言った。そのあからさまな態度に淡雪は思わず声を立てて笑う。

「同じ天羽の后でも、空蟬姫はいまも認められない？」

「……あちらに関しては、天羽である以前に、どうも……」

大きくため息をついた和可久沙は、少し背を丸めていた。話しているうちに肩の力が抜け、姿勢が緩んだのだろう。

「思えば、当代の王も后も、むやみに人を振りまわさないという点において、もっと評価すべきでした。それを年若さや威厳、天羽家というだけで劣っていると見なしてしまったのは、完全にわたくしの不徳の致すところです」

「……あなた、そんなに空蟬姫に振りまわされていたの？」

「空蟬姫と静樹王、どちらにも、です。あのころは、空蟬姫に不満を持つ女官たちの調整やら、静樹王が愛妾の館を埋めるために集めてきた女人たちが起こす揉めごとの対応やらで、毎日目まぐるしく……在位最後の二年ほどは愛妾の館も空になりましたので、その忙しさを忘れてしまっておりましたが」

「静樹王って男色の方なのに、わざわざ女人を集めていたのね。でも、人助けのためだったのよね？」

　身寄りがなく住まいに困った女人などを、愛妾の館に置いていたと聞いたが。

「それも、そもそもはわたくしが悪かったのですが……。男色の方とは知らず、王になったからには愛妾を置くべきだと進言してしまったのです。もちろん初めは拒まれましたが、即位から一年ほど経ったころでしたか、庭師を一名、夜殿に自由に出入りさせてくれれば、愛妾を持ってもいいと言われまして」

　まさかそれが恋人だとは思わなかったと、和可久沙は再び嘆息する。

「わたくしはてっきり、それなりに身分のしっかりした女人を迎え入れるものと思っておりましたら、老女だの住まいの不確かな者だの……。そのときようやく静樹王の男色を知りましたが、ならば無理にあやしげな者を入れる必要はないと言えば、必要があるから迎えているのだと、わけのわからないことを」

「……どういうこと？」

「静樹王曰《いわ》く、市井《しせい》で生活に困っている女人を一時的に後宮で預かり、行儀見習いや針仕事を習得させて、貴族の家で侍女や雑仕女として働けるようにするのだと……。人助けと言われましては、わたくしもそれ以上の口出しはできません。そのうちには最初の后であった冬木《ふゆき》姫のほうにも、その……いろいろありましたもので、愛妾の館のほうに関わる余裕もなくなりまして……」

　和可久沙も知らぬ間に毒入りの水差しを冬木に使わせてしまっていた、あの件だ。

「静樹王が迎えた女たちは、概《おおむ》ねおとなしく、大きな問題こそ起きませんでしたが、やはり人が集まれば、小さな揉めごとはたびたび起こります。ただ、仕事を覚えたらすぐ出ていくのでしょう、頻繁に人は入れ替わっていたようです」

「ようです……って、あなたは把握していなかったの？」

「はい。静樹王に忠実な当時の尚侍が、すべて仕切っておりましたので。わたくしがしていたのは、愛妾の館に関わる仕事を負っていた女官たちの対応です」

　そして、ほどなく冬木が去り空蟬が来たのだと、和可久沙は言った。

「……空蟬姫は後宮での暮らしに慣れてくると、愛妾の館にいながら愛妾ではない女たちの存在を面白がり、気に入りの女官を通じて女たちを冬殿に呼ぼうとし始めたのです」

「え、何のために？」

「何も……。市井の女が大勢いるなら、毎日一人ずつ呼んで話を聞くだけでも、退屈しのぎになるだろうと」

　後宮での代わり映えのない日々が暇すぎて、ということか。

「勝手は困るといさめましたが、意外にも、静樹王も強く反対されまして。こちらは目的があって女たちを集めているのだから、暇つぶしに使われては困ると」

「たしかに意外ね。いくら学ばせているとしても、一人ずつなら一日くらい空蟬姫の話し相手にしてあげてもよさそうなのに」

いくら利用価値があると見たとはいえ、静樹は天羽の里に帰りたくない空蟬のために、偽装工作までしてやっているのだ。愛情はないにしても、冬殿から出られない后の境遇への、多少の同情があったからこそ骨を折ったのかと思っていたのだが。

「それが……静樹王の目的というのが、ただの人助けではなかったのです」

「え？」

「これは静樹王から直接伺ったのではなく、酒に酔って口をすべらせた、当時の尚侍から聞いた話ですが――」

和可久沙は苦笑しつつ、杯を傾ける仕種《しぐさ》をする。

「静樹王は、恋人である庭師の兄を殺した下手人《げしゅにん》を見つけるために、市井の女たちを間者《かんじゃ》に仕立て上げて、貴族の家で働かせているのだそうです」

「……殺した、下手人？」

つい先日三実の館の前で見た、あの庭師には兄がいて、何者かに殺された、と。

そういうことなのか。

「ずいぶん……物騒な話ね」

「はい。わたくしも驚きました。しかもその理屈でいえば、下手人とやらはどこぞの貴族ということになりましょう」

「そうよ。そうだわ。ますます物騒じゃない」

これはもしや、静樹が空蝉の協力を欲してまで調べようとしていたことなのではないか。まさか和可久沙の口から、こんな情報が得られようとは。

「それで、その……下手人は見つかったの？」

「さぁ、どうでしょう。見つかってはいないのではないでしょうか。何しろその恋人……砂子《すなご》敦良《あつら》という名の者でしたが、その兄が殺されたのは、十何年も前のことだそうですし」

「砂子、敦良……」

そういえば静樹は、庭師のことを敦良と呼んでいた。

「はい。砂子家の者でした。夜殿までとはいえ後宮に男子を置くのもいかがなものかと思いましたが、そちらはまだわきまえていたようで、問題は起こしませんでした」

何かが引っかかったが、和可久沙の話は続いていく。

「わたくしとも話らしい話などしませんでしたので、尚侍が口をすべらせなければ、あの男が仇《かたき》持ちだとも知らないままだったでしょう」

「……でも、女人を集めるのは、在位最後の二年はやめていたのでしょう？　目的を達したから、間者が必要なくなったのではないのかしら」

「おそらくですが、女を集めるにも限界があったのでしょう。現に、愛妾の館が急に空になったのではなく、次第に数が減っていき、とうとう一人もいなくなった……という様子でしたので」

「まぁ、そうよね。数を集めても、全員に間者ができるわけでもないでしょうし」

貴族といえば、神官家を除く六家のことだ。静樹は明道《あけみち》家の者なので、それ以外の一嶺《いちみね》、浮《うき》、繁、玉富《たまとみ》、波瀬家のすべてに女たちを送りこんだとしても、そんなに大人数を雇ってもらえるわけでもないだろう。

「ところであなたは、そのことを三実王に報告したの？」

先だって敦良なる庭師と空蟬が探っていたのが、まさに三実の館だ。そして三実は物騒な話題に事欠かない人物である。

「いいえ。しておりません」

何故そんなことを、とでもいうように、和可久沙はきょとんとしていた。

「えっ？　しなかったの？」

「そのようなことまで報告しては、わたくしが叱られます。くだらない話を耳に入れるな、と」

「……だって、家に間者がいるのよ？」

三実が知れば、絶対に許さないと思うのだが。

「そうは申されましても、后。これは静樹王の、ただの私怨です」

「私怨……」

「静樹王の恋人とはいえ、あの庭師の身分は庶民です。殺されたその兄も、当然庶民でしょう。たとえ本当に貴族が下手人だったとして、八家の方々が庶民をお手討ちになさって、何のとがめがございますか」

「……」

たしかにそのとおりだ。

千和にも法令はあるが、八家の存在は時に法令を凌駕《りょうが》する。庶民が貴族に殺されたとて、無礼を働いたから斬った、とでも言われてしまえば、話はそれで終わりだ。

もちろん合議にかけられれば何らかの罰が科せられるかもしれないが、間違いなく庶民よりは軽くすむはずである。

静樹が間者を使ってまで下手人を捜しだしたとして、相手が同じ貴族なら、いかに静樹が裁きを求めたとて、せいぜい謝罪の言葉をもらうくらいがいいところだろう。

「静樹王の恋人の兄などというよくわからない人物が、繁家と関わりがあるとも思えませんし、間者のほうも、しょせん、もとは市井の女たちです。貴族の家で、粗相のないように働くだけで手いっぱいではないでしょうか」

「……それもそうね」

うなずきはしたが、和可久沙も案外詰めが甘いと、淡雪は考えていた。

どんなに拙《つたな》くとも、間者は間者だ。静樹の目的が私怨だけのうちはともかく、何か他家に知られたくないようなことが起きて、その情報が間者から静樹に流れた場合、静樹、ひいては明道家は、他家の弱みをひとつ握れることになる。そしてその弱みを明道家の誰かが悪用しないという保証は、どこにもないのだ。

「恋人に兄の仇を取らせてやるためだけに間者を育て上げるなど、たいした執念とは思いますが、わたくしから見れば、ずいぶん無駄なことをしておいでしたよ、静樹王は」

呆れた口調で、和可久沙は眉間を皺める。

「静樹王にとっては無駄ではなかったのでしょうね。それだけ恋人が大切なのよ」

「むしろあの庭師のほうが、自分のためにそこまでしなくていいと、進言すべきだったと思いますが」

和可久沙は鼻を鳴らし、淡雪の髪に視線を向けた。

「あれに比べれば、簪一本くらい、かわいいものでしたね。愛妾の館が空いた二年のうちに、すっかり忘れてしまっていましたよ」

「あら。それはもう少し早く思い出してほしかったわねぇ」

淡雪は軽やかに笑い、肩をすくめる。

「そうすれば、もっとたくさんあなたの話を聞けたかもしれなかったもの。三十年、いろいろあったでしょう。興味があるわ」

「機会があれば……と申し上げたいところですが……」

和可久沙の口元にうっすらと浮かんだ笑みには、もはやあきらめが濃くにじんでいた。それを見て、淡雪は身を乗り出し、気安い口調で告げる。

「ねぇ、あとで書司に頼んでおくから、紙を持っていって。それで、落ち着いたら、わたしに文をちょうだい。わたしも返事を書くから」

「……ですが……」

「様子を知らせてくれるだけでいいのよ。無理に面白い話を書けなんて言わないわ。あなたが元気でいるか、困ったことはないか、それだけ教えてくれれば」

穏やかに微笑む淡雪を見つめ――和可久沙は一瞬、泣き出しそうに顔をゆがめて、深々と頭を下げた。


和可久沙の部屋の扉を閉め、鳴矢とともに待機していた真登美を見るなり、淡雪は先ほど、和可久沙の話の何に引っかかったのかに気がついた。

「――砂子」

にも聞こえていたはずだ。つまり真登美も、砂子敦良の名を聞いたのだ。

「はい。わたくしも砂子家の者です」

も、と言った。扉はずっと開いていたのだから、和可久沙との会話はすべて真登美
初めて会った日に名乗られたのだ。砂子真登美、と。

「真登美さん、たしか砂子って……」

「はい？」


「ちょっと……ちょっと来て」

淡雪は右手で鳴矢の腕を、左手で真登美の袖を引いて、急ぎ足で和可久沙の部屋の前から離れる。ここは内侍司だ。内緒話ができないわけではないが、念のため、人のいないところへ行ったほうがいいだろう。

建物を出てさっき上がってきた階の前で足を止め、淡雪は二人の腕と袖を離した。

「静樹王の恋人だという庭師って、真登美さんの身内だったの？」

「同じ砂子家ですので広い意味では身内ですが、おそらくそちらは分家の者です」

「……おそらく、って」

「あー、それは」

鳴矢が淡雪の肩を軽く叩く。淡雪は鳴矢を振り返った。

「砂子家は分家の数がすごく多いんだよ。天羽の里ではあんまり知られてないかな」

「……はい。主な豪族は憶えてきましたが……」

「砂子家は豪族ではありません」

真登美は背筋を伸ばして立ち、報告するように淡雪に語る。

「いまから二百年近く前、天候不順により都の治安が荒れていたころに、庶民ながら剛力で知られた男がおりまして、弟たちとともに治安の回復に尽力した功績により、近衛府《このえふ》の役職を得ることができました。それが砂子家の先祖です」

「砂子家の兄弟はみんな腕っぷしが強かったもんだから、八家も家人に召し抱えたがってね。近衛府勤めの兄が本家、弟たちが分家ってことで、その後も砂子の一族は、貴族の家の警固や武官の役人として重宝されてるんだ」

話を引き継いで、鳴矢も真登美に視線を向けた。

「尚兵は、砂子の本家だっけ？」

「はい。砂子といえども、女まで鍛えるのは本家くらいしかありません。ですがそのおかげで本家の女は代々、兵司のお役目を賜ってまいりました」

基本的に女しか置けない後宮では、警固も女官でなければできないため、武の家である砂子家が娘や侍女を鍛えて派遣しているのだという。

「そんなわけで、警固に信頼のある家といえば砂子、っていうのが定着して、貴族や豪族のあいだで人気になって、分家も増えたんだ。……いま幾つぐらいある？」

「本家で把握している分家の家長は、十一名です」

「じゃあ砂子敦良の砂子家は、その十一の分家のどれか、ってことか」

「明道家にお仕えしているのでしたら、少なくともその中には属しているはずです」

真登美は鳴矢の問いに、はきはきと答える。

「真登美さんは、静樹王のころから兵司にいたのよね？　その砂子敦良という人に、ここで会ったことはなかったの？」

「先代の王が恋人を庭師として夜殿に入れていることと、それが砂子家の者だということは、承知しておりました。ただ先代の王は、自分を守るのはその砂子の者だから警護はいらないとおっしゃり、兵司は昼殿と夜殿の巡回を外されました。わたくしはその砂子の者を、遠目に二、三度見たことがあるだけです」

「それじゃ、ほとんど他人ね……」

「ただ――」

珍しくはっきりと眉間を皺め、真登美は何か思い出そうとするように空を見た。

「……だいぶ以前、分家の若い男が何者かに殺されたという話を、家の者から聞いたように思います。それも過去のこと、わたくしが幼いころの話としてでしたので……実際にそれがあったのは、もう二十年くらい前かもしれません」

「そんなに前……」

ふと、瑞光平明元年の京職亮の記録、という言葉が頭に浮かんだ。砂子敦良が口にしたそれは、十九年前の年号だ。真登美の記憶と一致する。

静樹は後宮で間者を育て、さらには空蟬に協力させてまで、恋人である敦良の兄が殺された件を解決しようとしていたのだろうか。

「武門で知られた砂子家の男子が、闇討ちのように殺されるなど家の恥だと、当時は一族の中でそのように言われていたそうです。下手人を捜すような雰囲気ではなかったのかもしれません」

「そうだとすると、弟としては無念だったでしょうね」

そう口にしながら、淡雪は自分の言葉に違和感を持っていた。

もし静樹の調べていたことが本当にその件なら、『目』で見た数々の事柄から察するに、熱心なのはどちらかといえば弟の敦良より、静樹のほうだった。

「ですが、わたくしは烏丸の典侍が言っていたとおりだと思います。どれほど下手人を捜したくとも、主《あるじ》の手をわずらわせるべきではありません。ましてや後宮を使って手駒を増やそうなど言語道断です。どの砂子家の者かわかりませんが、長年放置してきた分家にも責任があります」

険しい面持ちで真登美は一気にそうまくし立てたが、鳴矢は苦笑し、逆にのんびりした口調で言った。

「いやぁ、そこまでやるってことは、たんに静樹王が恋人に甘いってだけだろ。砂子敦良の意思じゃないんじゃないかな。むしろそこまでしてくれちゃったら、もういいですって言いにくいだろうな」

「ああ……そうよね。やることが大がかりになるほど、止めづらくなってしまうわ」

淡雪も同調してうなずくと、毒気を抜かれたのか、真登美の眉間からようやく皺が消えていく。

「そういうもの、なのですね」

「本当のところはわからないわよ？　でも、少なくとも静樹王が率先して動いているようだから」

「そうそう。実際、下手人が見つかってないなら、ちゃんと捜し出すべきだしな」

「……はい」

いつもの生真面目な様子に戻って、真登美は首肯した。あのままではすぐにも分家に抗議に行ってしまいそうだったが、もう大丈夫だろう。

それにしても、いったい静樹は空蟬まで巻きこんで何を調べていたのかと警戒していたが、こちらに関わりない私怨だったのなら、ひとまず心配はなさそうだ。

「今日は真登美さんまで来てくれてありがとう。最近わたしが好き勝手に動くから、あなたには迷惑かけてしまっているけれど」

「とんでもございません」

真登美は強い口調で返事をする。

「后には、せめて後宮内では自由にしていただきたいと思っております。何もお気になさらず、兵司をお使いください」

「ありがたいわ。……それじゃ、もう少し王と話すことがあるから、申《さる》の刻くらいになったら、夜殿に迎えにきてくれる？」

「かしこまりました」

失礼しますと言って、真登美は内侍司の中に戻っていく。

淡雪と鳴矢は、そろって階を下りた。

「……思いがけないところで、静樹王の目的がわかりましたね」

「まさか鳥丸の典侍が知ってたとはなぁ……」

雨上がりのぬかるんだ道を通り、廊を渡って夜殿へと入る。昼殿と夜殿のあいだにある庭は桜や躑躅《つつじ》の葉が青々と茂り、その中に点々と、姫百合《ひめゆり》の花の朱色が見えた。

鳴矢は淡雪を部屋に招き入れ、長椅子に座らせると、その隣りに腰を下ろす。

「当時の尚侍が口をすべらせたということは、静樹王としては、内密にしておきたいことだったのでしょうか」

「まぁ、完全に私的なことで後宮を使ってるんだから、大っぴらにはできないよね」

「間者……きっと、いまも働いているんですよね？」

鳴矢の実家である一嶺家にもいるはずだ。

「そうだろうな。うちに下手人がいるとは思えないけど、あんまり気分のいいもんでもないな。……ああ、そうだ、これ希景にも話してやらないといけないな。梅ノ院の動向も探らせてるはずだから」

「蔵人頭のほうが、間者をたくさん使っていそうですね……」

淡雪が小さく声を立てて笑うと、鳴矢は淡雪と腕がぴったりくっつくほど近くまですり寄ってきて、顔を覗きこむ。

「……静樹王のほうは、ひとまず目的がわかったからいいんだけどさ」

「はい？」

「その前の話題。夏麻姫のこと話してただろ」

「……ええ、はい。そうでしたね」

「鳥丸の典侍が見当つけた夏麻姫の想い人って、俺、わかったかも」

「えっ？」

目を上げると鳴矢と額がぶつかりそうになり、淡雪はあわててのけぞって避《よ》けた。

鳴矢はすかさず椅子の背に腕をまわし、淡雪の肩を抱き寄せて距離を戻す。

「内緒話だから、もっと近くにきて」

「……誰もいないでしょう」

「いいからいいから。一応ね」

「せっかく大きな長椅子なのに……」

　どうせ口実はどうでもよくて、じゃれ合いたいだけだとわかっているので、淡雪はほとんど鳴矢の膝に乗り上げるように密着して座ってやった。鳴矢は満足そうな笑顔で、淡雪の耳元に唇を寄せる。

「うん、これで完璧に内緒話ができる」

「それはもういいですから。……想い人がわかったって、どういうことです？」

「ああ、えーと……まず、繁家のことなんだけど」

　鳴矢は淡雪の肩にかかる髪を指先にからめながら、自分でも確認するかのように、ゆっくりと話し出した。

「いまの家長、繁武実は、本来なら家を継ぐはずじゃない、三男坊だったって話は、このまえ希景から聞いたよね？　先代家長には三人の男子がいたけど、長男は子供のころに事故で死んで、次男も落馬で体が不自由になって、廃嫡されたって」

「聞きました。紀緒さんの迷惑な元許婚《いいなずけ》の話のときに……」

　十年前に紀緒と無理やり縁組みをした芝原悦久《しばはらよしひさ》という男が、その廃嫡された次男の隠し子だったというのだ。つまり繁武実の甥《おい》ということになるが、芝原家では悦久の出自をひた隠しにしていたという。

「これはあのあと希景から聞いたんだけど、廃嫡された次男の繁悦実《よしざね》ね、体が不自由だから仕方ないんだろうけど、繁家本邸の敷地の隅にある、小さな離れで暮らしてるんだって。ずっと、四十年以上。……夏麻姫は、よくそこへ顔を出してるらしい」

「え」

思わず低い声が漏れる。

夏麻の想い人かもしれない人物について、和可久沙は、年が離れていると言っていなかったか。

「……まさか、その廃嫡されたという人が、夏麻姫の……」

「いやいやいや、さすがにないと思う。父親より年上だよ？　悦実と武実は十歳以上離れてるっていうから、たぶんもう六十ぐらいだろうし」

「そ、そうですよね……」

目を瞬かせた鳴矢に、淡雪は首をすくめた。

「それに、ほら、鳥丸の典侍、こうも言ってただろ。あまり評判のよい男ではないのです、って」

「あ。……ええ、言っていました、言っていました」

うなずいて――淡雪は間近にある鳴矢の顔をじっと見る。

「……評判、悪かったですね。その、廃嫡された人の、隠し子」

「うん。素行が悪くて、中務省《なかつかさしょう》の職場を転々としてる」

「紀緒さんよりかなり年上でしたが、それは夏麻姫でも同じですね」

「いま四十二歳だっていうから、夏麻姫より二十も上だ。けど、父親より上っていうほどじゃない」

「面識が……あったのでしょうか？」

「悦実にとっては唯一の子供だ。こっそり会っててもおかしくない。そこに夏麻姫が顔を出してたら……」

「……」

芝原悦久。

よりによって、紀緒とその家族の、長年の頭痛の種だった男。

淡雪は大きくため息をついた。

「これは……鳥丸の典侍も、間違いであってほしいと思うでしょうね……」

「三十年も勤めてれば役所のことにも詳しくなるだろうから、評判が耳に入ってたとしてもおかしくないよな」

鳴矢も同じく息を吐き、淡雪の肩を抱え直す。

「先代家長の繁広実《ひろざね》は、悦実の体が不自由になってからも、なかなか廃嫡にはしなかったらしい。広実の妻があきらめて武実を跡継ぎにするように再三言っても、広実は息子をはげまして、それで悦実もがんばって、初めは全然歩けなかったのを、少しの距離なら杖《つえ》をついて歩けるようにまでなった」

これでどうにか悦実を跡継ぎにできそうだというところまできたとき、広実が病死してしまったのだと、鳴矢は話した。

「そうしたら三実王の横槍《よこやり》が入って、結局、跡継ぎは武実になった。母親もそもそも武実を跡継ぎに推してたわけだから、悦実はもう、小さな離れで一生おとなしく暮らすしかなくなったんだって」

「せっかくそこまで回復したのに……」

「そういうわけだから、悦実は三実王を恨んでるかもしれないし、悦久の存在が繁家に知られたら、跡継ぎの問題がややこしくなる」

「……あ」

絶対に繁家に知られてはいけない、想い人。

先代家長が正式に跡継ぎとするはずだった悦実に、男子の隠し子がいたとなれば、当代家長の武実にとっては、心穏やかではないはずだ。しかも武実を跡継ぎに決めたのが三実だというなら、三実にとっても悦久は邪魔な存在だろう。

人を傷つけることをためらわない三実が、悦久のことを知ったら。

「命の危険が……ありますね」

「悦実のほうはともかく、悦久は危ないだろうね」

肩を抱く手に少し力をこめ、鳴矢は声を低くした。

「このことを調べた希景が言ってたんだけど、悦久は、素行の悪いふりをしてるだけなんじゃないかって」

「ふり、ですか？」

「このあいだ悦久について聞いたとき、変だと思ったよね？　強引に縁談をまとめておいて、実際に夫婦生活をしないですぐ離縁する。職場で酒を飲むし不真面目だけど失敗はしない。……尚掃の件もそうだ。十年も無理に婚約しておきながら、浮家との縁談があるって言ったら、あっさり引き下がったって」

「もう破談になったんですかっ？」

「すぐだったって。希景も尚掃の親も拍子抜けするぐらい、簡単に」

「まぁ……」

紀緒からは何かのついでのように、無事に破談にできそうです、とだけ聞かされており、もしその後に揉めていたら話題にするのも気の毒だろうと、それからどうなったかは、あえて尋ねていなかったのだ。

「こちらとしては朗報ですが、やっぱり変ですね」

「そう。でもそれが全部素行の悪いふりをしてるだけなら、人に本当にすごい迷惑をかけるのを、ぎりぎりで回避してるのも納得がいく」

「でも、どうしてわざわざそんなことを……」

「もしかしたら、悦久の存在はもう繁家に知られてて、命を狙われないように、到底跡継ぎにはふさわしくないようなふるまいを、わざとしてるんじゃないかっていうのが、希景の見立て」

鳴矢はそう語り、淡雪に片目をつぶってみせる。

「これ、実は希景から、今朝聞いたばっかりの話。まさかその日のうちに、夏麻姫の想い人と結びつくとは思わなかったけど」

「え、そうだったんですか？」

「もともと今夜話すつもりだったけど、ちょうどよかった」

鳴矢の笑顔に、淡雪は知らず握りしめていた鳴矢の衣の襟を離し、皺になってしまったそこを手で撫《な》でつける。

「そう……。でも、不思議な縁ですね」

「本当に悦久が夏麻姫の想い人だったら、たしかにね」

「それで夏麻姫を典侍に呼んでしまって、大丈夫でしょうか？　十年も婚約していた紀緒さんが、同じ職場にいるんですけれど」

「う。……いや、大丈夫だと思う。たぶん。婚約っていってもあれだし、いま尚掃は希景と婚約してるってことになってるし」

紀緒と希景の婚約も一時的なものだが、夏麻次第では、しばらく仮の婚約を続けたほうがいいのかもしれない。……それは希景の思うつぼだろうが。

淡雪は鳴矢の肩に頭を預け、ぽつりとつぶやいた。

「想い人が自分を偽って、わざと評判を落とすふるまいをしなくてはいけないなんて……夏麻姫は、つらいでしょうね」

「……そうだな」

幼いころに母を亡くし、父と確執が生まれ、家に居場所のなくなった夏麻が、同じように片隅に追いやられていた伯父と交流するようになり、その伯父の隠された実子とも親しくなり——その不遇への同情と共感が、いつしか恋へと変わったのかもしれない。

そしてその不遇が命の危機を伴うようになったのなら、夏麻が繁家を厭うのは道理だが。

「夏麻姫の想い人が本当に芝原悦久なのか、確かめないといけなくなりましたね」

すべてがまだ憶測でしかない。ひとつでも違えば、繁家の姫である夏麻を信頼するのは難しくなるだろう。

「正式に典侍に任命する前に、一度ここへ呼べたらいいんだけどな」

「話してくれるでしょうか？」

「それは、まぁ、鳥丸の典侍の口を割らせた、淡雪の腕前次第で」

「わたしですか……」

いたずらっ子のようににやりと笑う鳴矢を、淡雪は上目遣いでにらむ。

「後宮の主は、后だろ？」

「会うのは構いませんが、紀緒さんに同席してもらいます。もし夏麻姫が紀緒さんに厳しい態度をとるようでしたら、典侍の話はなかったことにするかもしれませんよ」

「それを言うなら俺も、夏麻姫が天羽家だからって淡雪をちょっとでも軽んじたら、二度と後宮には呼ばない。――俺の大事な妻なんだから」

鳴矢が上体をぐいぐい傾けてきて、淡雪は長椅子に背中から倒れこんだ。それでも鳴矢の腕に抱えられたままなので、身動きがとれない。

覆い被さる鳴矢が、鼻先が触れ合う距離で目を細めた。

「中の刻までいるんだよね？」

「……起こしてください。髪が崩れてしまいます」

「崩れたら解《ほど》けばいい」

「簪を挿しているので、崩したくありません」

「淡雪、かわいい」

「……ごまかさないでください」

「ごまかしてない。簪、気に入ってくれたんだよね？」

笑ったままの形の唇が下りてくる。

腕を、鳴矢の背にまわしてしまったのは、失敗だったかもしれない。

口づけの合間にするりと帯を解く音がして、淡雪は我に返った。

「待っ……だめ、それは」

「時間なら、まだ大丈夫だよ」

「昼間です！」

「雨が止んで、日が差してきたね」

「だから……っ、どうせ今夜も来るんでしょう？」

「いまはいま、今夜は今夜」

屁理屈《へりくつ》ばかりの夫の手を阻止しようとするも、結った髪が座面で潰れる感触に気をとられた隙に、衣の合わせ目が緩められる。

「鳴矢、お願い、待って……」

「うん。着てるものは、できるだけ崩さないようにする。……それでも恥ずかしかったら、目をつぶってて」

大きな手で目を覆われたのと同時に、控えめに開かれた襟元から覗く肌に、やわらかく口づけられた。

だから、だめだと言ったのに。——こういうのは、かえってもどかしいから。

中の刻ちょうどに迎えにきた真登美を少し待たせて夜殿を出た淡雪は、結局、紅玉の簪を握りしめ、すっかり解けた髪を、内侍司に行ったときと同じように布を被って隠して冬殿に帰ることになったのだった。

二日後の合議の場で、王の傍らに立つ蔵人頭浮希景の口から、典侍鳥丸和可久沙の罪状と処分が公表された。長年勤めた女官の犯罪に、会した面々は驚きを隠さなかったが、都からの三年間の追放という処分について、異論は出なかった。古参とはいえ女官が一人処分されたところで、どうでもいいというのが、高官たちの本音だったのだろう。——ただ一人、参議の末席にいた松枝能虎《まつえよしとら》だけは、かつて自分が捨てた女と今後顔を合わせずにすむことに安堵したのか、いかにもうれしそうに頬を緩めたのを、淡雪の『目』は見逃さなかった。

その日の合議は、和可久沙の処分より、その後任に繁夏麻が推挙された件で紛糾した。左大臣繁武実は娘が女官になりたがっているなど聞いていないと狼狽《ろうばい》し、夏麻の母方の伯父にあたる大納言玉富常郷《つねさと》は、娘に後宮で働きたいと思わせるなど親としてみっともないと嫌みを言い、右大臣浮有景《ありかげ》は八家の姫が女官として後宮に入った前例について説明を始め――結局、武実がまず娘の真意を確認し、合議としては、本人の希望があれば典侍の後任として認めるということになった。

武実の様子からして、いくら思いどおりにならない娘とはいえ、さすがに女官勤めなどさせられないと考えているのは明白で、夏麻が出仕できるかどうかは五分五分といったところだった。

家を出て後宮勤めをしたい娘と、それを阻止したい父の攻防戦が繰り広げられていると思われるあいだ、淡雪は鳴矢に調べてもらった松枝能虎の家を『目』で見張り、能虎が自分より少しばかり家格の高い実家を持つ、気の強い妻に頭が上がらない生活をしながら、外に三人もの愛妾を囲い、家では仕事が忙しいとぼやきつつ、娘ほどに年若い愛妾たちの住まいをまめまめしくまわっているのを突き止めた。

和可久沙に、処分を聞いたときの能虎の顔について話すつもりはない。ただ、あの表情を見た淡雪の腹の虫がおさまらなかったのだ。

鳴矢が笑って、淡雪の気のすむようにすればいいと言ってくれたので、淡雪は愛妾たちの住む場所、名前、だいたいの年齢、能虎がいつ何時ごろにそれぞれの家を訪ねているかなど、知りえた情報すべてを書き記した木簡を束ね、鳴矢に託した。

木簡はきちんと封をしたうえで、鳴矢から一嶺家に仕える文使いに手渡され、文使いは主に見つからないよう置いてこいとの命令を正確に実行し、能虎が不在のときに家に木簡を投げこんだ。

木簡は無事、能虎の妻によって発見され——能虎が五十にならぬうち、妻によって強制的に息子に代替わりさせられ、もちろん参議の職も辞し、家の一室に押しこめられて、愛妾を囲うどころか外出もままならない隠居の身になったのは、しばらく後のことである。

いったい誰が妻にいらぬ告げ口をしたのかと、能虎はしきりに嘆いていたが、松枝家の誰も、その正体を知ることはなかった。

一方和可久沙は、処分公表のその晩、密かに後宮から出されていた。

八ノ京の中央を貫く柳大路の最南端、南大門までは牛車で送られたが、門を出れば徒歩である。わずかな手荷物を抱え、和可久沙は夜の闇に消えていった。

かつての主である三実へは、処分についての説明と謝罪、これまで世話になったことへの謝意、追放後は馬頭国《めずのくに》の故郷へ帰る旨をしたためた文を、昼間のうちに届けていたが、返事はなかったという。三実は罪人となった和可久沙を、あっさり切り捨てたようだった。

和可久沙は夜道をひたすら歩き、都から離れ——あるところで、待っていた馬車に乗りこみ、翌日の朝早く、今度は都の東側、三条大路に直結する東大門から再び入京した。早朝に近郊から市へ野菜や魚などの荷を運び入れる馬車が出入りするのは日常のことで、その中の一台に女人が一人、隠れて乗っていたところで、誰に気づかれることもなく、和可久沙は計画どおり寺へと身を移すことができた。

距離的にも時間的にも、淡雪は和可久沙の出入りを追うことはできなかったが、その日の夜に鳴矢から、問題なく移送がすんだことを聞かされ、ひとまず安堵したのだった。

第二章　一方的な再会

和可久沙が後宮を去った八日後、寺を訪ねて様子を見てくるという鳴矢を、淡雪も『目』で追っていた。

寺にはまだ俊慧《しゅんえ》や江魚《えうお》たちが滞在しており、久しぶりに来た鳴矢にまとわりついてはしゃぐ子供たちを、江魚と尼僧が鳴矢の土産の菓子で釣ってどうにか引きはがし、鳴矢はようやく、廂《ひさし》に座っていた俊慧の横に腰を下ろす。

「おーい、おまえたち、ゆっくり食えよ。鞠打《まりうち》はそれ食ったらやるから。……あー、みんな相変わらず元気で何よりですよ」

「ええ。長雨の時季も明けたようですし、ますます元気になるでしょうね」

鳴矢が手渡した刻んだ胡桃《くるみ》入りの餅を手に、俊慧は穏やかに目を細めた。

「それで、どうです？　三十年ずっと後宮の女官やってて、子供の世話なんか慣れてないと思うんですけど……」

言いながら、鳴矢はあたりを見まわす。和可久沙の姿は近くになかった。

「和可さんのことですか。よくやってくれていますよ」

「和可？」

「あまり目立ってはいけないというので、呼び方も変えたほうがいいのではないかと皆で話し合いましてね。姫名《ひめな》風の名は、街中では聞き慣れないものですから」

和可久沙から久沙を取っただけだが、たしかに和可だけなら、よくある名前になる。

「男の子の相手は苦労しているようですが、女の子たちはもう懐いています。年長の子たちは、読み書きと縫い物を教えてもらっていますよ」

「そりゃよかった。それならここでやっていけそうですね」

「ええ。尼僧たちも助かっていますし、私もたいへん楽しいですよ」

「は？」

「美しい人が身近にいてくれるというのは、それだけで楽しいものでしょう？」

「……」

鳴矢はぽかんと口を開けて、空を見た。鳴矢からはわかるまいが、ちょうど淡雪の『目』がその視線の先にあったため、目が合うかたちになる。いや、鳴矢も見られているのはわかっていて、思わずこちらを向いたのかもしれない。

「う、美しい人？」

「美しいでしょう、和可さんは」

俊慧は何のてらいもなく、笑みさえ浮かべてそう口にする。

鳴矢のほうは、頭を抱えていた。

「……あんた出家してますよね、俊慧どの」

「おや、出家した身は、美しい人を美しいと言ってはいけないと？」

「そういう発言は、誤解を生みやすい――あ、思い出した。俊慧どの、尼僧殺しって呼ばれてましたよね。美人を見たら尼僧でも褒めちぎるもんだから、あちこちで俊慧どのに落ちる尼僧が」

鳴矢が顔を上げて勢いよく振り向いたが、俊慧は涼しい顔で首を傾げる。

「そんなこともありましたね。昔の話ですよ。さすがにこの年になっては、そんな」

「いや、嘘だ。絶対いまもやってる。そういうのは、身にしみついてるもんなんだ。ああああ、しまった……。安易にここを選ぶんじゃなかった。色恋に疎そうな顔して、これなんだ。質が悪いったらないってのに」

忘れてた、失敗したとうめきながら、鳴矢が再び頭を抱えていると、背後から声がかかった。

「王――ですか？」

足早に近づいてきたのは、苅安色《かりやすいろ》の小袖に濃い支子色《くちなしいろ》の裳《も》を身に着け、髪を簡素に後ろで束ねた姿の、和可久沙だった。

化粧っけもない質素な身なりだったが、意外にも顔色はよく、表情も明るい。常に厳しい顔つきをしていたころより、何歳も若返ったようだった。こうしてあらためて見ると、愛想のなさのせいでこれまで気づかなかったが、たしかに和可久沙は整った顔立ちをしていた。

「まぁ、奥におりましたもので、気づきませんで失礼いたしました」

「烏丸の典侍……じゃないんだよな、もう」

「和可と名乗っております。どうぞ王も、以後はそうお呼びください」

床に手をつき、和可久沙は深く頭を下げる。鳴矢は困った顔で頭を掻いた。

「役職ならともかく、呼び捨ても抵抗あるな……」

「鳴矢も和可さんと呼べばいいでしょう。女人に対しては丁寧な態度で接しなければいけませんよ」

「……まぁ、そうですよね」

「いいえ、とんでもない――」

俊慧の言葉にうなずいた鳴矢に、和可久沙は顔を上げ、あわてて首を振る。

「あなたは王なのです。わたくしのような者に、そのような」

「いいじゃありませんか、和可さん。あなたはもう鳴矢の配下ではないのだし、そもそも鳴矢は、貴族の生まれでありながら、偉ぶるのが苦手なのです」

にっこり笑って俊慧がなだめると、和可久沙はその穏やかな面差しに一瞬見とれ、ぽっと頬を染めた。……これは。

「しゅ、俊慧様がそうおっしゃいますなら……。あっ、何かお召し上がりですか？」

「ええ。鳴矢が菓子を持ってきてくれまして」

「では白湯をお持ちいたしましょう。失礼いたします」

もう一度頭を下げて、和可久沙は厨《くりや》のほうへと戻っていく。

鳴矢が額を押さえ、盛大にため息をついた。

「……やっぱりじゃないですか、尼僧殺し……」

「和可さんは出家していませんので、問題ないでしょう」

「あんたが出家してる時点で、問題大ありでしょうが」

「出家の身でも、日々の生活に潤いはほしいものですよ。ああ、安心してください。和可さんを傷つけるような、不誠実な真似はしませんから」

「そこだけはちゃんと守ってくださいよ。まったく……」

鞠打してきますと告げ、鳴矢が疲れた表情で立ち上がる。俊慧は庭を向き、すまし顔で餅菓子を口に運んでいたが、ちらりと鳴矢を見上げて言った。

「危うい身の上の人なんでしょう。ちゃんと守りますから、こちらの心配はしなくていいです。何かあれば、すぐ知らせますよ」

「……」

俊慧の言う「ちゃんと守る」は、和可久沙の身柄を、という意味だ。三実に仕え、そして離反した和可久沙の立場を、理解しているのだろう。

「頼みましたよ。……せっかく淡雪が味方にしてくれたんですから」

「きみも后と仲がいいようで、何よりです」

ふふふ、と笑う俊慧に、鳴矢は肩をすくめ、子供たちのところへ歩いていった。

鳴矢が鞠打をするあいだ和可久沙の様子を見ようと思って厨に飛ぶと、和可久沙は湯を沸かしながら、椀《わん》を幾つか並べていた。傍らにはどこかで見た壺が置いてある。俊慧の白湯に蜜を入れてあげるのだろうか。

人のために白湯の支度をする横顔は、穏やかで満ち足りて見えた。俊慧が美しいと評したのもわかる。そしてたった八日で和可久沙がここまで変わったのは、間違いなくその俊慧が心を解《ほぐ》したからだ。

鳴矢は頭を抱えていたが、この三十年、和可久沙に新たな恋をする余裕はなかっただろう。だとすれば、あの松枝能虎が和可久沙の最後の恋の相手ということになってしまう。

……これから恋の機会があれば、あんなのを最後にしなくてすむわ。和可久沙がこれほど生き生きとしているのだ。このさい相手が僧侶でもいいではないか。……尼僧殺しというのは、少々気になるが。

そんなことを考えながら、白湯の支度をする和可久沙を眺めていると、開け放したままの厨の裏口から、誰かが顔を出した。

「ごめんくださーい。どなたか……あっ、和可さん？　ちょうどよかった」

「ああ、あなたは……理古《りこ》さんでしたね」

「そうです。理古です。和可さんにちょうどよさそうな文机《ふづくえ》を持ってきたんですよ。このあいだのじゃ、ちょっと小さかったでしょう」

言いながら、布包みを小脇に抱えた二十五、六歳ほどの若い女が中に入ってくる。

……えっ？

「そうですね。これくらいの大きさのほうが」

「やっぱり。じゃあ、こっちを使ってください。前のと取り換えて……」

和可久沙と談笑する女の、その顔。

よく憶えている。鼻筋の通った瓜実顔《うりざねがお》。でも、まさか。

「わざわざすみませんね。届けてくれて」

「いえいえ！　また入用なものがあれば、いつでも言ってください」

おじゃましましたと言って、女が裏口から出ていく。淡雪の『目』は、その後ろ姿を追っていた。

どうしてここに。いや、むしろ、ここにいるのが当然なのか。

だって、逃げるなら、遠くに行かなければならなかっただろう。

後ろ姿は足早に進んでいく。道を渡った。人が多い。……そうだ、このあたりは市だ。魚を売る店。針の店。油を売る店に染め草を売る店。

人波を縫って、後ろ姿は慣れた足取りで歩いていく。角を曲がる。止まった。

店の前。店先に並べられているのは、木の折敷《おしき》や文机、小箱など。

そういえば、一緒に逃げたあの男は——

「ただいま。店番代わるよ」

「……おかえり」

売り物の向こうで折敷を布で磨いていた男が顔を上げる。……ああ、やはり。

目を開けてしまいそうになるのをかろうじてこらえ、淡雪は震える手で自分の袖を握りしめながら、『目』をこらしてその二人を見ていた。

……無事だったんだわ。

逃げきれていたのだ。よかった。本当に。

「今度のはどうだった」

「ちょうどよかったみたい。あれくらいのほうが、書きものがしやすいって……」

市の片隅にある店で、ごく自然に話をしている女と男を、淡雪はしばらく見つめていた。


淡雪は長椅子に腰掛けて、鳴矢を待っていた。

すっかり日が長くなり、外はまだ暮れきっていないが、格子が下ろされた部屋の中には、いつもどおりの夜が訪れている。

釣燈籠《つりどうろう》の灯《あか》りは、閉じた窓に淡雪の影を映していた。自分の影を見つめ無心になっていなければ、いまにも様々な感情があふれ、何か叫んでしまいそうだった。

途惑いも驚きもある。だが一番大きな感情、これはきっと、喜び——

「……!」

建物の裏手で物音がした。すべて耳なじみのある音だ。階を上がり簀子《すのこ》を歩いて、裏口の戸を開ける。

部屋に入ってきた鳴矢に、淡雪はぶつかるように抱きついていた。

「ぅおっ……え、どうした?」

不意打ちでも淡雪一人受け止めてびくともしない鳴矢の胸に、遠慮なく頬を押しつけて、大きく息を吐く。

「淡雪？」

「……今日、とてもうれしいことがあったんです」

「えっ、何？」

「懐かしい人が、市にいたんです。何年も前に天羽の里から逃げた人が、無事に都にたどり着いて、子供も生まれて……」

「待って待って。どういうこと？　誰？」

困惑する鳴矢を見上げ、淡雪は微笑んだ。

「長い話になってしまいますけれど、聞いてくれますか？」

「もちろん。まず座ろうか」

鳴矢の連れてきた『火』で、室内がより明るくなる。

淡雪はいつものように、鳴矢と寝台に並んで腰を下ろした。

「今日、あなたが寺に行くのを見ていました。鳥丸の典侍……いえ、和可さんでしたね。元気そうでよかったです」

「うん。まぁ、元気だったけど」

鳴矢が複雑な表情をしているのは、俊慧のことがあるからだろう。

「恋をするのは、悪いことではありませんよ？」

「いや、でも相手がさ……まぁいいや。淡雪の話はそのことじゃないよね？」

「あ、はい。あなたが鞠打をしているあいだ、わたし、厨にいる和可さんを見にいってみたんです。どんな暮らしぶりかと思って。そうしたら、見覚えのある女の人が、ちょうど和可さんに新しい文机を届けにきたところで」

淡雪は鳴矢の顔から視線を外し、遠い目をする。

「……その人は、いまの天羽の家長の、母親違いの妹にあたる人で、生まれたときには千鳥《ちどり》という姫名を持っていました」

その存在を知ったのはいつだったか、はっきりとは憶えていない。だが五歳で巫女の館に入って以来、儀式などで天羽本家の人々が公の場に姿を見せるようなときは、決まってどこかでその名を耳にした。

本家の千鳥姫は何の力も持っていないらしい、と。

天羽本家に生まれた女子は、生まれながらに巫女であるとされていた。本人が希望しない限り巫女として活動することはないが、里のすべての女子と同じように、五歳のときに何の力があるのかの判別を受ける。天羽本家に生まれて、力を持たないことなどあるはずがない。ところが千鳥からは、何の力も見出《みいだ》せなかったのだという。

当時の天羽家の家長には、すでに亡くなった先妻が生んだ男子が一人、後妻が生んだ女子が三人いて、千鳥以外の子には、それなりに強い火天力や水天力などが備わっていた。それゆえ力を持たない千鳥は天羽家の中でも、また里の民からも、何となく軽んじられていた。

「千鳥姫は、わたしより七つ年上ですから、いまは二十五歳です。記憶にあるのは、十四、五歳くらいからのお姿ですが……」

天羽本家の娘として儀式に列席する千鳥は、いつも浮かない顔をしていた。自分が周囲にどう思われているのか、きっと知っていたのだろう。兄も姉も妹も明るい落栗《おちぐり》色《いろ》の髪をしているのに、千鳥だけは黒に近い榛色。顔立ちは姉妹のうちで一番整っていたが、一人だけ違う髪の色の千鳥を褒める声は聞かれなかった。

そんな千鳥の晴れやかな顔を初めて見たのは、婚礼のときだった。千鳥は十八歳になるとすぐに、天羽家に縁のある豪族の中でも最も有力な四橋《よつはし》家の男子に嫁ぐことが決まった。相手の男は四橋知種《ともたね》といい、千鳥より八歳上で、前の妻を早くに亡くしたための再婚だったが、美男だと評判で里の娘たちに人気があった。

「……淡雪が見てもいい男だった？」

ちょっと剣呑《けんのん》な目つきになった鳴矢に、淡雪はふっと笑いを漏らす。

「どうでしょう。これぱかりは好きずきでしょうから。少なくともわたしは、美男というのはこういう顔のことを言うのかと、首を傾げていました」

「淡雪の好みじゃなかった？」

「結果として、そういうことだったのでしょうね。あの男とあなたは、全然似ていませんから」

「……ふーん」

真面目くさってうなずきながら、口元が緩むのをこらえているその様子に、淡雪は微苦笑を浮かべて手を伸ばした。

「もう少し近くに、どうぞ」

言うと、鳴矢は今度こそ完全に笑み崩れて、淡雪を膝の上に抱き上げる。いつもの体勢だ。淡雪は鳴矢の肩口に頭をもたれさせる。

「……本家の姫の婚礼ですから、わたしも含めて巫女たちは皆、言祝《ことほ》ぐために儀式に出席していました。恋愛での結婚ではなく、家格のつり合いを考慮しての縁組みだと思いますが、千鳥姫は、本当に穏やかな顔をされていたんです」

その日、千鳥は嫁ぐにあたって名前を姫名から、姫名風の千登里《ちどり》と改めることが、天羽本家の家長から発表された。だが天羽本家の女子が姫名を捨てるなど、前代未聞だ。前例があるとすれば、本人が何らかの不祥事を起こしたときでしかない。まして慶事を理由にするなど、ありえないことだった。

千鳥に少しでも何かの力があれば、姫名を奪われはしなかっただろう。いや、力がなかったとしても、本家に生まれたことは間違いない。さすがにこの仕打ちは酷ではないか。儀式の参列者たちは皆、苦い顔になったが、当の千鳥——千登里は意外にもさっぱりした顔をしていた。本心もあの表情のとおりなら、千登里は納得したうえで姫名を手放したのだろうと思われた。

「それからしばらくして……もう半年くらい経っていたかもしれませんが、わたしはふと思い出して、千登里さんが嫁いだ家を『目』で見にいってみたんです」

いつも浮かない顔をしていた千登里だったが、婚礼のときの様子を見れば、幸せに暮らしているのではないかと思ったのだ。知種の親はすでになく、夫婦二人の気楽な生活のはずだった。

だが千登里は、本家に暮らしていたときより、もっと暗い顔をしていた。婚礼の日の穏やかさも美しさも消え失《う》せ、憔悴《しょうすい》しているといってもいいくらいだった。

いったい何があったのか。気になって、時間があるときはできるだけ千登里の家を見にいくようにしてみた。

理由は、夫の知種が家にいるときにすぐにわかった。知種は何かにつけて千登里を役立たずと呼び、罵倒していたのだ。

姫育ちで家事もろくにできない。それなのに生まれがいいことを鼻にかけて、夫を見下している。何の力もない女をもらってやったのだから、本家にはもっと感謝してほしいぐらいだ。泣いてもわめいても、おまえの居場所はここだけだ。役立たずが、いまさら本家に帰れるなんて思うな――

実際の千登里は、決して知種の言うような役立たずではなかった。家事はいっさい手を抜かず、本家のことを口にしたりもしない。知種を見下すどころか、常に機嫌をうかがっておびえていた。一日ずっと見ていたわけではなくとも、千登里に何の非もないのは明白だった。

「わたし、そのときまだ十一歳でした。でも里にいろいろな人がいることも、中には嫌な人がいることも、『目』で見て知っていました。世間の十一歳より、人を見る目が冷めていたと思います。……それでも、あれはひどすぎました」

思い出して眉根を寄せた淡雪の背中を、鳴矢がそっとさする。

「人気の美男が台なしだな」

「あの本性が知られていたら、誰も千登里さんをうらやましい目でなんて見なかったでしょう。あの男、外ではものすごく愛想がいいんです。別人みたいに」

「質が悪いな……。そんなんじゃ、うちの夫はひどい男だって外で訴えても、信じてもらえないんじゃないか？」

「ええ。千登里さんも、それはわかっていたかもしれません。誰にも言わず、ずっと一人で我慢していました」

「それを見てて、どうもできない淡雪も、つらかったな」

いたわりを含んだ鳴矢の声に、淡雪は思わず目を閉じた。まぶたの裏が熱くなり、涙がにじんでくる。

「……同じように家族を罵る言葉は、それ以前にも聞いたことはあったんです。ある家のお婆《ばあ》さんが、息子の妻にひどいことを言っていました。そのお婆さんも、外では評判のいい人でしたから、わたし、とても怖かったです」

息を吐き、淡雪は目を開けた。鳴矢の気遣う表情が、すぐ近くにある。

「でも、その息子は少なくとも、自分の妻をできる限りかばっていました。それに、そのお婆さんはしばらくして亡くなりました。……千登里さんの場合は、姑《しゅうとめ》ではなく夫です。これから先、長く一緒に暮らしていかなければならないのに……」

傷つき疲れはてた千登里の姿に心を痛めながら、『目』で見たことを決して人に告げてはならないという呪縛は、己の心に深く深くしみついていた。

何もできないまま年を越し、十二歳になると、ただの巫女から后候補へと選《よ》り分けられ、住む館も変わるなど、環境の変化に忙しくしていたあいだ、千登里の家を見にいくことはしなくなっていた。傷つき続ける千登里をこれ以上見ていたくないという気持ちもあった。いや、忙しさより、そちらが本音だった。何もできないのだから、見ていても仕方がない。……つまり、逃げたのだ。

そして季節がめぐり、后候補としての暮らしにも慣れたころ、ふと千登里のことを思い出した。あれからどうしているだろう。あのひどい夫の仕事は、たしか猟師だ。それなら昼間は家にいないはずだ。

よく晴れた日の昼下がりだった。千登里は家にいなかった。珍しい。あのひどい夫は千登里の外出を許さず、庭先に出ることにすら口うるさかったのに。そう思いながら家の周囲をまわってみると、どこからか男女の声がした。片方は千登里の声ではなかったか。出どころを探すと、どうやら隣りの家だった。

知種の家はさすがに豪族だけあって、土台のしっかりした、里の中でも大きなものだった。その家の隣りには、一段下がった窪地《くぼち》に、小屋と呼んでもいいほどの簡素な家が建っていた。千登里はどうやらそこにいた。

買い物でもしているのか。初めはそう思った。何故ならその家に住んでいるのは、調度や小物などを作って売る、木工細工師の男だったからだ。

その職人がいつから里にいるのか、正確なことはわからない。五、六年前には、もうその小家で仕事をしていたはずだ。

細工師は里の民ではなかった。里に近い藍沼《あいぬま》の生まれらしく、木材の調達のためにしばしば里に出入りするうち、小家を一軒譲り受け、春から秋のあいだだけ、そこで仕事をするようになったのだという。たしかにその家で山あいの厳しい冬を越すのは難しいだろうと思われた。

細工師は里の民に、牧人《まきと》と呼ばれていた。それが名前なのだろう。いかにも武骨で口数少なく、愛想も悪かったが、仕事の腕はよく、作った折敷や小さな置き棚は皆に重宝され、またその器用さでちょっとした簪や飾り櫛も手がけていたため、女たちからもありがたがられていた。

何がきっかけでそんなことになったのか。千登里は牧人の家の奥にある作業場で、針を持って繕い物をしていた。傍らでは牧人が、できあがったばかりの櫛を布で磨きながら、千登里が最近の天気や庭に咲く花についてぽつりぽつりと話すのに、素っ気ない相槌《あいづち》を打っている。全然会話が弾んでいるようには見えないのに、二人のあいだにある空気は穏やかであたたかだった。

やがて千登里が、できた、と言い、針をしまって繕っていた衣を牧人の肩に着せかけた。夫のための針仕事ではなかったのだ。

牧人はありがとうとぶっきらぼうに告げて、衣に袖を通すと、膝から木くずを払い落として立ち上がり、千登里の手を引いて、部屋の隅にあった寝台と思《おぼ》しきところに腰掛け、そのまま千登里を抱き寄せた。

それは流れるような動作で、ごく自然に二人は抱き合い——驚きのあまり、思わずそこで『目』を閉じていた。

不貞だ。そう思った。

千登里が離縁したとは聞いていない。もしも離縁できていたとしても、別れた妻が隣家の男と再縁するなど、あの知種が許すはずないだろう。

千登里は知種の仕打ちに耐えかねて、牧人に心を寄せてしまったのかもしれない。だが、あのおとなしい千登里が、昼間、夫ではない男と二人きりになり、あまつさえ抱き合うという大胆なことをするとは、信じられなかった。

天羽の里は、女の不貞に厳しい。男の不貞は何もとがめられないので理不尽極まりないが、それが里の慣習だった。このことが露見すれば、千登里は粗末な小屋に閉じこめられ、食事も暖をとるものも与えられず、あっというまにはかなくなるだろう。不貞が発覚した女の末路は、千登里もよく知っているはずだ。それなのに。

「何て危ないことをしているのかと、肝が冷えましたが……夫があれでは、仕方ないとも思いました。たしかに不貞なのですが、不貞と呼びたくもなくて……」

あれほど沈鬱だった千登里の顔は、牧人の横で婚礼の日よりも明るく輝いていた。きっと牧人は千登里を傷つけていない。あの夫より、ずっと千登里を大切にしているのだろう。千登里は自分を踏みにじる男より、やさしく抱きしめてくれる男を選んだ。ただそれだけなのだ。

その後も何度か、千登里の様子を見た。千登里は牧人と一緒にいるときだけ、幸せそうだった。

ひとつ不思議だったのは、千登里は「牧人さん」と呼んでいたが、牧人は千登里を何故か「理古」と呼んでいることだった。姫名にすら執着を見せなかった千登里にとっては、夫に呼ばれる千登里という名も、もはやわずらわしいものだったのかもしれない。

知種は千登里に対して相変わらずの態度だった。そのうえ、どうやら他に女を囲っているらしかった。まごうことなく不貞だ。

幸いなことに、知種は千登里と牧人の関係にまったく気づいていなかった。他所《よそ》の女にうつつを抜かしていたせいもあっただろうが、蔑むばかりで、千登里のことなど何も見ていなかったのだろう。

そうしているうちに、冬が近づいていた。寒くなれば牧人は藍沼に戻る。千登里はまた、一人で夫の仕打ちに耐えなければいけなくなるのだ。幸せそうだった千登里の顔がときおりくもるようになった。

どうか冬も千登里のそばにいてあげてほしい。そう願ったが、牧人はいつもの年と同じように、秋の終わりには里を去っていた。千登里は日に日にやつれていき、知種はそんな千登里をいきいきと罵倒し続けた。

千登里が姿を消したのは、雪のちらつき始めたころ。わずかばかりの月明かりしかない夜だった。

その日、猟師を生業《なりわい》とする里の男たちが夕刻から知種の家に集まり、酒を飲んでいた。狩りの季節が終わると、仲間の誰かの家に集まりひと晩酒を飲み明かす。それが毎年の決めごとで、その年は知種がもてなす番だった。

千登里は朝から酒宴の支度に忙しく立ちまわり、他人の目があるこのときばかりは知種も千登里にやさしいふりをしていた。

すっかり日が暮れ、男たちにだいぶ酔いがまわってきたころ、酌をしていた千登里は、ちょっと厨を片付けてくるからと言って、座を外した。

千登里はそのままいなくなった。

初めに気づいたのは知種ではなく、料理の差し入れを持ってきた、近所の猟師の妻だった。千登里がどこにもいない、厨にも厠《かわや》にも庭にもいないと知らされた知種は、激怒しながら家中を捜しまわった。

厨は使った鍋や皿がそのままで、千登里の部屋からも衣一枚失われていなかった。日常の痕跡を残しながら、千登里だけが消えていたのだ。

本当に家のどこにもいないとわかると、知種は酔いにまかせて天羽本家へ向かい、門を叩いた。千登里を返せ、千登里はどこだ、もてなしを投げ出して実家に帰るとは何様のつもりだ――

わめき散らす知種をなだめるため、家長の号令のもと、里中が松明《たいまつ》を手に千登里を捜し始めた。

「巫女の館にも知らせが届いて、全員が起こされたのは、亥《い》の刻になるころでした。千登里さんが急にいなくなったので、見つかるように皆で祈りなさいと……。初めはわたしもそちらに参加していましたが、途中で別室に呼ばれて、『目』で千登里さんを捜せと命じられました」

「それ、淡雪だけ？」

「わたしが最初に呼ばれたのでわかりません。他にも同じ命令を受けた巫女はいたと思いますけれど……。誰がどのような力を持っているかを把握しているのは、巫女の長たちだけなので」

　それぞれの力を知らされることはなかったが、自分と同じ『鳥の目』を持っているのではないかと察しがつく巫女は、何人かいた。覗き見が知られれば、やはり相手を不快にさせ、いさかいのもとになる。そんな周りに歓迎されない力を、積極的に誇示しようという者はもちろんいない。しかし「見ていないふり」が上手か下手か、そこの差はあるものだ。

　そして注意深く観察していれば、その力がどれほどの大きさなのかを推し量ることもできた。おそらくほとんどは、隣室を見るくらいが限界の空蟬と大差ない程度の力しか持っていなかった。

「……真っ先にわたしが呼ばれたのは、たぶん、わたしが一番遠くを見られると判断されたからでしょう。巫女の長は二人いますが、そのうち一人が、わたしの見張りにつきました」

実のところ、それまで寝たふりをして『目』を使って酒宴の様子を見ていたので、千登里がどこにいるのかは知っていた。しかしもちろん、誰にも伝えはしない。この力で何を見ても何を聞いても、決して口にはしない。

見張る巫女の長の前で『目』を開けて、ゆっくりと百を数える。数え終わるころに胸を押さえ、眉根を寄せ、少し苦しそうなふりをしてみせてから、本当の目を開け、暗くてよくわかりません、松明があって見えたところにはいなかったです、と答えれば、巫女の長も納得してうなずいた。

これは誰かに天眼天耳の力を使えと命じられたときのために、自分で決めていたことだった。自分の力の大きさを偽るため、百数えるくらいの時間しかもたないふりをする。本当は千を数えてもまったく疲れたりしないが、より強い力があると知られては、いま以上に警戒されてしまうはずだからだ。

それからしばらくの時間、捜索に協力しているように見せかけつつ、千登里の姿を追った。だんだん疲れが増していくふりをすることも忘れなかった。

千登里は牧人に手を引かれ、着の身着のまま里を出る道をひた走っていた。

　二人とも灯りを持っておらず、頼れるのは薄い月明かりだけのはずだったが、その足取りに迷いはなく、ときおり千登里がつまずきかけると牧人がすぐに支え、たった一本しかない里の外への道を、まっすぐに進んでいく。

　そのころ知種たちも、里を出る道のほうへと捜索を広げようとしていた。

　逃げきってほしい。お願いだから、どうか。

　何もできなかったうえに、こんなときも祈ることしかできない。だからこそ千和のあらゆる神に祈った。千登里を助けて。このまま逃がしてあげて。できるだけ遠くへ。天羽の手の及ばないところまで。

　やがて『目』の本当の限界がきた。そろそろ藍沼が近いようだ。

　どうか、幸せに。

　広い道へと出ていく二人の背中を最後の祈りをこめて見送り、荒い息をつきながら目を開けて、巫女の長に最後の報告をした。どこにもいませんでした――と。

「……」

　そこまで話して、淡雪は深く息をついた。いつのまにか強張っていた肩を、鳴矢がやさしくさすってくれる。

「いま市にいるってことは、都まで逃げのびたんだな」

「そうだと思います。たしかに夜が明けてからも千登里さんは見つからなくて、神が千登里さんをどこかへ隠してしまったのではないかと、言い出す人もいたくらいで」

一度は藍沼で消息を尋ねてみたこともあったそうだが、何の手がかりも得られなかったという。

捜索のあいだ、牧人の名前が人々の口に上ることはなかった。それはそうだろう。牧人は例年どおり里を去ったきりだ。千登里と牧人の密かな逢瀬《おうせ》を知る者はいない。

――巫女の館のただ一人を除いては。

行方知れずのまま年を越し、とうとう天羽本家は、千登里を死んだということにしてしまった。

知種はそんな本家を疑い続けており、何かにつけて千登里をどこかに隠しているのではないかと因縁をつけていたが、その普段の人当たりのいい外面《そとづら》とは違う、本性を現した無礼な言動が里の中で問題になってくると、あわてて本家の決定を受け入れ、三度目の結婚相手を探し始めた。ただし最初の妻は若すぎる死別、次の妻は不可解な失踪という男に娘を嫁がせようという親はもはや里にはおらず、不貞の相手とも結婚できなかったのか、知種は以後ずっと独り身だった。

次の春、牧人は里に現れなかったが、そのことと千登里の失踪を結びつけて考える者もいなかった。山に近い藍沼には木工職人が多く、別の細工師が里に来るようになると、牧人のことも忘れられていった。

「千登里さんが姿を消して六年、わたしも里を出ることになりました。でも、まさか都で会えるとは思わなかった。……いえ、会えたというのは違いますね。千登里さんは、わたしのことを知らないでしょうから」

「一緒に逃げた、その牧人って細工師もいたんだろ？」

「はい。市に店をかまえて、作った細工を千登里さんと売っていました。子供もいたんです。上の子は四つか五つくらいに見えましたから、こちらへ来てから生まれたのかもしれませんね。かわいい子たちでした」

淡雪が声を弾ませると、鳴矢もやわらかく笑みを浮かべた。

「幸せに暮らしてるんだな。淡雪が祈ったとおりに」

「ええ」

淡雪は鳴矢を見上げ、唇をほころばせる。

「うれしいです。……とても」

「よかったな、ほんとに」

「でも、わたしが一番うれしいのは、あなたに話せたことです」

「……ん？」

手を伸ばし、淡雪は首を傾げる鳴矢の頬に触れた。

「自分の意思でこの力を使ったときは、見たことを誰にも明かしませんでしたから、うれしくても悲しくても、気持ちを分かち合える人がいなかったんです」

美しい景色を見ても。驚くようなものを見ても。胸が痛くなるようなことを見ても。

ただ、自分の心の内にしまいこんでおくしかなくて。

「千登里さんが幸せに暮らしているとわかって、とてもうれしかった。それ以上に、この、とてもうれしいという気持ちを話せるあなたがいて、それが一番、たまらなくうれしいんです」

「淡雪――」

鳴矢は目を見張っていた。首を伸ばし、その頰に軽く口づける。

「わたしの夫が、あなたでよかった。……あなたがわたしの秘密を受け入れてくれたから、わたし、今日、心から喜べたんです」

誰とも共有できなければ、きっと、うれしさも半減していただろう。

鳴矢がいたから。

鳴矢が、この力を拒まずにいてくれたから。

「……淡雪」

一瞬だけ何かをこらえるように表情を硬くし、鳴矢は強く淡雪を抱きしめる。

「俺のほうこそ、ありがとう」

「え……?」

「淡雪がうれしい気持ちを俺と分かち合いたいって思ってくれて、俺はそれがすごくうれしい」

低いつぶやきが、耳にやさしく響いた。

肩にかかる鳴矢の頭の重みが心地よく、淡雪は微《かす》かな吐息を漏らす。

うれしい、という想いのままに鳴矢の背に腕をまわすと、突然、あたりが暗くなった。……『火』が消されてしまった。ということは。

「……あの」

「ん？」

「首には、痕をつけないで」

「どうして」

「身支度を手伝ってくれる子を、びっくりさせてしまうから……」

言うと、肩口でくぐもった笑い声が聞こえ――鳴矢が微かに身じろいだかと思うと、首筋にちりりと痛みを感じた。

「……いま言ったばかりでしょう」

「二度見れば慣れるよ」

「鳴矢……！」

せめてあとひと言は抗議するつもりだったが、わずかに遅れてしまう。

鳴矢に唇をふさがれながら、淡雪はあきらめて目を閉じた。

◇◇　　◇◇　　◇◇

淡雪が天眼天耳の力を持っていることは秘密だ。

とはいえ、その力によって得られた有益な情報は、できれば側近と共有したい。

「……つまり、現在の都には天羽の女人が三人いるということですか？」

希景はわずかに目を眇《すが》め、いぶかしげな顔をした。

先だって神事のため巽の社に向かう途中、牛車の小窓から市中を眺めていた淡雪が、数年前に天羽の里から行方不明になった、天羽の本家の姫とよく似た女人を見かけたらしい——そういうことにして、千登里の存在を希景に伝えたのだ。

ちなみに千登里が夫と営む店の場所や現在の名前などは、昨日のうちに寺に行き、和可久沙が使っていた文机を話題にしてそれとなく聞き出したうえで、あとで京職が管理している市の記録と照合し、素性に間違いがないか確認してある。

それを『目』で見ていた淡雪が、何も役人が全員退出した夕刻に、王自ら京職まで出向いて忍びこむような真似までして調べ物などしなくてもと、心配半分、呆れ半分の表情でぼやいていたが。

「淡雪と、空蟬姫と、その千登里っていう女人とで、三人だな」

「そうだとすると、近年ずっと『術』が安定している理由にはなりますね。后の他にもう一人、市中に天羽家の者がいたわけですから」

「しかも天羽本家の娘だっていうんだからな。力を持ってなくても血筋は強い」

そろそろ昼になろうかというこの時間、昼殿の執務室には、鳴矢と希景しかいなかった。蔵人所の面々はすでに引き上げている。

「行方知れずになっていたということは、自発的に里から逃げて、都まで流れてきたということでしょうか」

「たぶん。ある日突然一人で里からいなくなったっていうから、そういうことなんだろうな。詳しい事情は淡雪も知らないみたいだけど」

机の上の木簡を片付けつつ雑談をしているていで、鳴矢は話の内容が不自然にならないように、慎重に考えながら答えた。淡雪が『目』で知ったことは、希景に伝える情報に含めてはいけない。

「しかし何故、いまこの話を？　神事からすでに二十日以上経っておりますが」

一昨日の夜に聞いたばかりだからだ。……とは言えない。

「天羽千登里のことを調べるのに、時間がかかったんだよ。毎度毎度希景にばっかり調べさせたんじゃ悪いから、これは俺のほうでやろうと思って」

「調べ物は苦になりませんので、別に構いませんが……。それで、どのようなことがわかったのですか」

「考えてみればあたりまえだけど、名前は変えてた。天羽千登里じゃなくて、いまの名前は、柏野《かしの》理古。こっちで結婚したみたいで、田内《たうち》牧人っていう木工細工師の夫と一緒に、市で店を出してる。子供も二人いた」

よどみなく答えると、希景がさらに怪訝《けげん》な顔をした。

「名前を変えて、結婚を……？」

「ん？　どうかした？」

「結婚したなら、戸籍に記載されるでしょう。しかも市に店を出すとなれば、戸籍に問題のない者でなければ許可されないはずです」

素性を隠して名前を変えた者が、戸籍を偽って結婚し、店を出すことなど不可能ではないのか――希景はそう言いたいのだ。

鳴矢は木簡を分ける手を止め、苦笑する。

「どんなことにも、抜け道はあるだろ」

「抜け道、とは？」

「たとえば、他所から都に移り住んで、新たに戸籍を作ろうとしたら、どうする？」

「……己の身分の証明が必要になりますが」

「そう。何で証明する？」

「一般的には通行証ですね」

通行証は、生まれた土地の国司や郡司が戸籍をもとに発行するもので、関や駅、港を通過するさいには必ず役人に提示しなければならない。関や駅のある街道を外れた道を移動するなら不要だが、そのかわり安全な旅は保障されなくなる。何より移動先に定住したいと思うなら、その地での戸籍を得るために、名前と生年、出身地が記された通行証は必須だ。

「その通行証に偽名が書いてあれば、都で作った戸籍に載るのも偽名だよ」

「……は？」

希景の表情がますます険しくなる。

都で普通に暮らし、役人としても真面目に働いてきた希景には、信じがたい話かもしれない。鳴矢は笑いそうになるのをこらえた。

「ありえません。国司や郡司が偽名の通行証を発行するなど……」

「うん。国司や郡司がそれをやったら、重罪だ。まぁ、金を積まれて不正を働く連中がいないわけじゃないけど、積めるだけの金がある身分で偽名の通行証が必要なことも、あんまりないだろうなぁ」

　今度こそ声を立てて笑うと、希景は短く息を吐く。

「もったいぶらずに教えてください。どういうからくりですか」

「国司や郡司以前のところだよ。たしかに戸籍は、その土地の郡司が作成して国司が管理してるけど、郡司が戸籍を作るために情報を得てるのは、村長たちからだ。毎年村長が自分がまとめてる里の長に、誰が生まれて誰が死んだか報告させる。……口頭じゃなく、こういうのに書かせて」

　鳴矢は手元にあった木簡を一本拾い上げ、顔の前にひらひらとかざしてみせた。

「ところが村長や里長は、必ずしも字が書けるわけじゃない。書けないのがほとんどだ。だからその地に住む、読み書きができる誰かに頼むことになる」

「村長や里長ができないのに、できる者がいるのですか」

「いるんだ。――寺に」

　希景の眉間から、ようやく少し力が抜ける。

「……僧侶ですか」

「経典を読むし、書き写しもするからね。修行してるうちに読み書きができるようになる。それで、村長や里長に頼まれるんだ。戸籍づくりに必要な情報を書いてほしいって。僧侶は各地を流れて修行してるけど、土地を決めて寺を構えて定住してる僧侶もいる。そういう僧侶は里の民と親しいから、戸籍作りへの協力も快く引き受ける。

――ただし」

木簡を置き、鳴矢は希景を見てにやりと笑った。

「僧侶は読み書きのできない村長や里長に気づかれず、偽の情報を郡司に渡すことができる」

「……何と」

「そうして渡った情報は、郡司にとっては正式な情報だ。そのまま戸籍に記載されるし、通行証を作るもとにもなる」

希景は目を見開き、絶句している。さすがに都から遠い地の、末端で行われている政の実態までは知らなかったようだ。

「とはいえ、僧侶だって気まぐれで戸籍をいじってるわけじゃない。大抵が里の民に頼まれてやってることだ。不作なのに国司が税の取り立てを免除してくれない時期に生まれた子を、その年じゃなくて翌年に生まれたことにするとか」

「赤子一人ぶんの税を、一年浮かせるためですか」

「そう。あと女が生まれたのを、男が生まれたと偽るとか」

「何のためにそのようなことを」

「俺が聞いたのは、好色な国司が赴任してきたときに、娘を妾《めかけ》として召し上げられないようにするためだったな。昔それでひどい目に遭った娘がいたからって、里の民がえらく警戒するようになったらしい。で、娘が無事に結婚するときに、間違ってましたって申告して戸籍を修正するんだと」

「……それは、まず国司への信用が問われていますね……」

「結局、どれもこれも好きで戸籍を偽ってるわけじゃないんだよ」

　鳴矢は椅子の背にもたれ、苦笑する。

「そうやって子供の戸籍を偽る場合もあるけど、もうひとつ、大人の戸籍を偽る方法も、僧侶にはある。今回の天羽千登里は、たぶんそっちだ」

「どうするのですか」

「寺は、結構便利に使われるんだ。たとえば街道筋の寺は、宿代わりに旅人を泊めたり、親とはぐれた子供を預かったり、人買いの手から逃げた女人や行き倒れた旅人を保護したり。……で、旅人がそのまま死んだら、弔いもする。そうすると旅人の持ってた通行証は、僧侶の手に渡ることになる」

　各地の寺には、故人の通行証や、迷子のために新たに作られた通行証が保管されていた。そして事情があって名前を変えたい者、密かに故郷から逃げて別の土地に行きたい者などが寺を頼ってきたとき、僧侶はその通行証を使うのだ。

　故人の通行証の中から、生年の近いものを選んでそのまま流用することもあれば、生年の部分を削ったり汚したりして上書きすることもある。そうやって偽の通行証を手に入れた者は、今度は逆に、自分の本当の名前と生年、出身地を寺に預けるのだ。そして次にまた偽の通行証が必要になった者に、寺は以前逃げた者の名前を与える。

「無理がある通行証しか用意できない場合は、わりと派手に汚したり削ったりして、それと僧侶が書いた下書きを持って郡司のところに行くんだよ。旅の途中で通行証を汚してしまったから新しく発行してほしい、自分は読み書きができないから読めない部分は僧侶に補って書いてもらった、って言えば、だいたい新しく作ってもらえる」

「……抜け道ですね」

もはや希景の表情は呆れていた。

「それで罪人がまじっていたら、寺はどうするのですか。当然そういうことはあるでしょう」

「あるよ。ただ、あとで罪人だってわかったら、関や駅の役人にどんな偽名の通行証なのか、寺はちゃんと伝える。だから逆に捕まえやすくなるんだ。そういうのもあって、寺の通行証偽造は、実はある程度、現地の役人に黙認されてる」

「……なるほど」

「都の役人にはあまり知られてないだろうけど、このやり方は流れの僧侶たちが広めて、いまじゃ千和全部の寺でやってるはずだ。天羽千登里もどこかの寺で柏野理古の通行証を手に入れたんだと思う」

希景にはそう言ったが、通行証を用意したのは夫の牧人だろう。昨夜、いまと同じ話を淡雪にもしたが、淡雪も牧人のはずだとうなずいていた。

牧人は千登里が天羽の里にいたときから、何故か理古と呼んでいたという。つまりいずれ千登里と逃げるつもりで、先に柏野理古の名前の通行証を入手していたのだ。

「そういうわけだから、天羽の里から逃げた女人が、別人になって都に住んでても、おかしくはないんだ」

「……蔵人頭の任にある者としては、知ってしまった以上は何らかの対処をすべきか、聞かなかったことにすべきか、非常に迷いますが」

「あー、これは聞き流してほしいんだよなぁ。抜け道は逃げ道でもあるわけだから、これで命や人生が救われた民も大勢いるんだ。……実際、俺も家出中は、僧侶に用意してもらった他人の通行証で旅をしてたし」

「王もですか……」

希景が額を押さえ、息を吐く。

鳴矢が過去に家出をした件は、七家のあいだでは知られた話だ。しかしこういった細かい部分までは、さすがに噂《うわさ》の内には入っていないのだろう。

「わかりました。私とて、清廉潔白に生きているわけではありません。ただの世間話として承っておきます」

「助かる。……で、その天羽千登里改め柏野理古なんだけど、会って話をしてみようと思って」

「会うのですか？」

希景のやや切れ長な小さな目が、大きく見開かれた。

「天羽の本家の出だっていうなら、知ってることもあるんじゃないかと思って。天羽家がどうして都を離れたのか、とか」

后となる立場ゆえに天羽を名乗ってはいるが、淡雪は本家の生まれではない。天羽の里では、本家の権威がとても強いのだという。天羽家の過去については里の民にも秘され、もちろん淡雪も何も知らないのだそうだ。

だが、本家の娘ならどうだろうか。何か耳に入っているかもしれない。

「たしかに情報はほしいところですが……こちらに呼び出すと、警戒されませんか」

素性を偽り逃げている身ならなおさら、と希景は少し声を落として言う。

「呼び出しはしない。まず俺が市へ行く」

「王が御自ら？」

「実はちょうどいいことに、なじみの寺が、柏野理古の店から文机を買ってるんだ。だから僧侶に頼んで、店に案内してもらう」

「でしたら、寺に呼び出してもらってはいかがですか。目立ちますよ」

希景の視線は、鳴矢の赤い髪に向けられていた。鳴矢は頭の後ろでひとつに束ねている自分の髪を触り、眉を下げる。

「呼び出すのも、何か横柄な気がするんだよなぁ。最初はこっちから足を運んだほうが、信用してもらえるんじゃないかと思うんだけど」

「しかし……」

「あ、笠《かさ》を被ればいいんじゃないか？　それか頭に布を巻いて隠すとか」

鳴矢が手を打ってうなずくと、希景はまたも嘆息した。

「どうやっても御自身で行かれるつもりですか」

「うん。この件に関しては、できるだけ自分で動きたいんだ。希景も他言はしないでほしい。天羽家のことは、慎重に進めるつもりだから」

「百鳥《ももとり》の蔵人には、話しておられないのですか」

「真照？　話してないよ。あいつは俺の乳兄弟だけど、一嶺の家人でもあるから」

希景とはすでに、天羽家が都を離れている現状を変えるべきではないかという話をしている。だから希景には天羽千登里の存在を知らせておいてもいい、むしろ協力を得たいと思って打ち明けたが、一嶺家が天羽家をどう認識しているのかは定かでないため、迂闊《うかつ》に真照には話せないのだ。淡雪にも、香野には知られないようにしてほしいと伝えてある。

「……私が浮家に情報を流すとは思いませんか。我が家で天羽家に興味を持っているのは、私だけではありませんよ」

「他言しないでほしいって頼んだんだから、希景は他言しないだろ」

「もちろん、しませんが」

「じゃあ、別に何も心配してないよ。あと俺、合議で一番信頼してるの、浮右大臣だから。いまの話が右大臣の耳に入ったところで、吹聴《ふいちょう》するような御仁じゃないだろ」

実権のないお飾りの王に、合議での発言の機会などほとんどないが、貴族の六家の長たちが議論する様子を見ているだけでも、それぞれの資質はよくわかる。

六家の長の中で最も公正かつ冷静、いつも客観的な視点で物事を語るのは、希景の父で右大臣の、浮有景だ。

鳴矢の言葉に、希景は少し目を見張り、そして表情をやわらげた。

「父が聞けば喜ぶでしょう。父は常々、当代の王には五年といわず長く王位に就いていただきたいと、申しておりますので」

「えぇ？　右大臣が？　何で？」

「簡単な話です。王の仕事ぶりを高く評価しているからですよ。蔵人所を通して提案された、各地の国府での備蓄強化や、郡衙《ぐんが》での役人育成機関の設置などは特に」

「……提案しただけだろ」

「提案の文書に説得力があるので、議論が進めやすいのだそうです。実際、これらは合議で了承されましたよね」

希景は言いながら、背筋を伸ばして顎を引く。

「王はもっと、御自身の思うとおりにおやりになっていい。父はそう話しています。私も同意見です」

「……高く買ってくれるのはありがたいけど、これぐらいが限界だよ」

椅子の背に頭をもたれさせ、鳴矢は目を閉じた。

かつて千和の各地をめぐって感じたこと。王になり、下級役人からの意見を聞いて考えたこと。もっとこうできないか、こうしたらいいのではないか、思うことは多々あれど、それが王からの提案であるとわかると、合議の雰囲気が変わるのだ。

置物でさえあればいいはずの王に、政に口を挟める権限を与えたくない——それが六家の長たちの本音なのだと、鳴矢は雰囲気で察していた。

特権を持てるのは、少ない人数であるほど良い。王さえ黙らせられる権威を有していることを下位の役人たちに示せれば、それだけ貴族の価値が上がる。

浮有景は公正だ。しかしその公正さは稀有《けう》なものだ。他家の長に期待してはいけない。そして王の顔を立てるために、有景に他家を説得させるのは、酷なことだ。

どうしても通したい政策がある場合、本来は実家である一嶺家を頼みとし、一嶺家からの提案として議題に載せればいいのだ。だが名目上は父、本当は叔父である一嶺公矢《きみや》とは、そういったことができる関係性は、もはやない。むしろ浮家に頼めば協力してくれそうだが、それが明るみに出れば一嶺家の体面を潰すことになる。

「政については、どうしてもっていう提案だけにする」

「ですが、王――」

「ただし」

目を開けて、鳴矢は口の端をわずかに上げた。

「どうしてもっていう政策は、必ず通してみせる。……天羽家の件も含めて」

希景がはっとしたような表情をして、すぐにうなずく。

「そうです。そうしてください。そうしていただかなければ――」

何か言いかけて、しかし口をつぐみ、希景はじっと鳴矢を見つめた。何かを迷っているようにも見える。

「希景？」

「いえ。……お伝えするには、まだ早いかと思っていましたが」

「何かあったのか？」

「王、憶えておいでてしょうか。私が以前、八ノ京には八家があるべきであると申し上げましたのを」

「憶えてるよ。あれは心強かったから」

まだ、どうにかして淡雪と親密になろうとしていたときだ。結果として慣習を破ることになるその決意に、希景は天羽家との関係改善の必要性を語り、味方となる意思を示してくれたのだ。

「あのとき私は、后一人の負担で安定を担うままでは、『術』が必要な事態において、正常に機能しない危険性があるとお伝えしましたが……根拠なく申し上げたわけではないのです」

「……根拠?」

鳴矢が身を乗り出すと、希景が一度、部屋の入口を振り返り、人の気配がないのを確かめ、鳴矢の机の前まで歩を進めてきた。

「言うまでもありませんが、この千和では至るところに『術』に頼った仕組みがあります。地天力《じてんりき》と水天力による上下水や温泉の管理、風天力《ふうてんりき》による船の運航、火天力による治安の維持——この都や宮城も例外ではなく、門には地天力で守りをかけていますね」

「ああ。もっとも、それが役に立ってるとは聞かないけど」

宮城の門には地天力で『術』をかけてあるが、それは不審な侵入者が通った場合、その者の足に『痕《あと》』を残し、侵入の証拠とするためだという。

だが証拠は残っても侵入を防げるわけではないし、話によると『術』をかけた部分に触れないように飛び越えてしまえば『痕』もつかないというし、そもそも『痕』が残っても、すぐ水天力で消してしまえば、証拠とすることもできない。しかも『痕』がつくのは、夜間――正確には、酉《とり》の刻から翌日の寅《とら》の刻までの侵入者に対してだけだという。

以前、昼間のうちに侵入した盗賊が、夜になって冬殿に押し入ったが、あのときも後宮の門にかけてあるはずの『術』は、何の用もなしていなかった。それどころか、宮城の中でも人の出入りが多い門にはあえて『術』をかけておらず、後宮も裏門には『術』がかけてあるが、表門にはなかったと、あとで知った。

「昔は役に立っていたようですよ。宮城のすべての門に『術』がかかっていて、勤務時間外に通ろうとする者がいれば、足が動かず先へ進めなくなったそうです」

「……え？　すごいな」

「かなり複雑な『術』だったのでしょう。ちなみに解除の文言を唱えれば通過できたということですから、役人はそれほど困らなかったとか」

「昔って、それ、いつの話？」

「私が読んだ記録は、百年ほど前のものでした」

「百年？」

「そうです。たった百年前です」

希景は渋面で、たった、の部分を強調する。

「これらの『術』は、かつては近衛の衛士《えじ》がかけていたそうです。しかし現在、門に『術』をかけるのは陰陽寮《おんようりょう》の役目であり、衛士は刀や弓矢といった直接の武力で警固にあたっています。宮城勤めをする役人の中で、もはや『術』を使える者は限られている。いや、すでに八家のみが有する特別な力となりつつあるのかもしれません」

「……え、ちょっと待った」

鳴矢は片手を上げて希景の話を制し、一度、ゆっくりと瞬きをした。

「昔は、ただの役人や衛士が、そんな複雑な『術』を使えたってことか？」

「もちろんただの役人や衛士といえど、それくらいの『術』ともなれば、扱っていたのは貴族か豪族の高官だったようですが、記録を読む限り、少なくとも現在より力の強い者が多くいたのは間違いないようです」

「いまの近衛大将や衛門督《えもんのかみ》だって、七家に近い豪族のはずだけど……」

「いずれも家格とある程度の武力で選ばれている者です。任官記録には、少々の火天力が使える、とだけ書かれていました。地天力は持っていません」

きつく眉根を寄せ、希景はさらに声を低くする。

「もう少し詳細に調べてみなければはっきりとは言えませんが、この百年のうちに、我々の力が少しずつ弱まってきている可能性があります。安定して『術』を使えるかどうかなど、気にする以前の問題かもしれません」

「……もし本当に弱まってきてるとしたら……」

「千和の民すべての生活にも、国土そのものの防衛にも関わる事態です。千和は古来より、この力で国を守ってきたわけですから……」

数百年前、海を越えた大陸から、当時の王朝が千和を征服しようと軍を率いて攻めてきたことがあったという。だが千和の民は八家を筆頭に『術』を駆使して敵の船団を海上で止め、決して上陸させなかった。風天力で船をさんざんに揺らされ、火天力で兵を傷つけられた敵方は、ただ一日で退却し、以来、侵略してくることはなかったそうだ。

その王朝を滅ぼした次の王朝は、逆に千和の特異な力を欲し、強力な『術』を使える者を招いて自国での戦に加勢を求めてきた。

だがこの力は千和の地を離れると何ひとつ使うことができなくなると判明し、それからは近隣の国々に、千和は決して攻められぬ強大な力を持つが、その力を利用することもできない、不可侵な国家として認識されている。

千和を固く守ってきたこの力が弱まり、失われるようなことがあれば。

そして、それを他国に知られたら。

「……国が、滅ぶ……」

自分の口から漏れた言葉に、背筋が冷えた。

目の前で立ちつくす希景も、沈痛な面持ちをしている。

「現時点では、あくまで仮説です。現在ここで働く役人たちすべての力を測ったわけでもなく、記録の読みこみも充分ではありません。ですから断言できるほどの材料はそろっていないのです。いないのですが……」

「……ああ」

鳴矢は短く息を吐き、腕を組んだ。

「材料がそろうまで調べるんだろ？」

「そのつもりです」

「それが天羽家の離反と関連づけられれば、合議に天羽家との和解を提案しやすくなるんだけどな」

「そうですね。……ただ、かなり時間がかかります。弟たちにも協力を頼んだところですが……」

「俺が王でいるうちにやってくれたら、助かる」

声と表情に焦りをにじませていた希景に、五年はあるのだと暗に告げると、希景は眉を開いた。

「ええ、たしかに、無限に時間があるわけではなくとも、五年……いや、もう四年半だ。あとのことを考えたら、三年以内には結論を出したいところです。やはりあまり猶予はありませんね」

「頼りっぱなしの俺が言うことじゃないけど、浮家はやることが多くて大変だよな。例の史書編纂《へんさん》だって途中だろ？」

「そちらでしたら、王が夜殿にある、歴代の王の日記閲覧を見逃してくださっているおかげで、だいぶ進みました」

「何代目まで読めた？」

「紛失中の六十代目のぶんを飛ばして、六十四代目まできました」

「お、近づいてきたな。——俺は昼から市に行くけど、希景は今日も夜殿で日記読むのか？」

「ん？」

席を立ちながら訊くと、希景の顔から、何故か表情が抜け落ちた。

「いいえ。……今日は出かける約束がありますので」

「約束？　ってことは誰かと？」

「紀緒さんが休みだそうですので」

引いた椅子を戻そうとしていた手が、思わず止まる。

「尚掃と？　出かける？　約束？」

「先だって紀緒さんとの雑談中、薬草園の話題が出まして。紀緒さんは行ったことがないそうですし、長雨が終わって、ちょうどいい時季ですので」

薬草園とは、文字どおり医療に使う薬草を生育しているところだが、公的な場所であるため、役人しか入園を許可されていない。しかし植えてあるのが薬草といえど、様々に花が咲いて見事であるため、役人たちが意中の女人を連れていく、逢引《あいびき》の穴場としても使われているのだそうだ。

役人しか入れないので混雑することもなく、事前に申請すれば一般人でも同行者として許可される。美しい花を眺めながらゆっくり散策し、愛を語らうにはうってつけなのだと――話には聞いているが。

「……薬草園って、あの薬草園？」

「薬草園は都に一か所しかありませんが」

一見無表情ではあるものの、希景の目が不自然な輝きに満ちていることに、鳴矢はようやく気づく。

「……そこの棚に、小腹が空《す》いたときのために松の実と飴《あめ》がけの胡桃がとってあるんだけど、よかったら持っていく？」

「遠慮なく頂戴します」

「いいなぁ……俺も淡雪と行ってみたい……」

「夜殿の庭は、薬草園より立派だと思いますが」

「そういう問題じゃない……そういう問題じゃないんだ……」

木菓子の包みを棚から取り出しながら、鳴矢は盛大にため息をついた。

◇◇　　◇◇　　◇◇

東ノ市は、寺のある場所から六条大路をはさんだ斜向《はすむ》かいの条坊にある。

鳴矢は頭に笠を被り、地味な色合いだが仕立てのいい、豪族の息子くらいの身分に見える衣を着て、通りを歩いていた。先導する江魚が頭を剃《そ》っていなければ、若君と従者に見えただろう。

淡雪は、市の人波を縫うように進む二人を『目』で追っていた。

鳴矢は先ほどから、しきりに笠の位置を気にしている。目立つ赤い髪を隠すため、出がけにいつも淡雪の髪を結っている伊古奈が呼ばれ、鳴矢の長い髪を頭上にまとめて束ねて、どうにか笠の中にすべて入りきるようにしていたのだが、かなり無理やり押しこめたので、おさまりが悪いのかもしれない。

「兄ぃ、ほんとに牧さんの店だけでいいの？　もっといろいろまわればいいのに」

「買い物にきたわけじゃないから……。江魚は『牧さん』の店に、よく行くのか？」

牧人の店に行く理由を、鳴矢は江魚に詳しくは話していなかった。仕事で訊きたいことがあるから案内してほしいと、頼んだだけである。そして江魚も王の仕事に関わりがあるとなれば、無理に聞き出そうとはしなかった。

「牧さん器用だから、頼んだらわりと何でも作ってくれるんだよ。だからときどき、子供のおもちゃをね」

「ああ、寺の子たちにか」

「寺の子もだし、旅先でも子供に会ったらあげてるんだ」

喜ばれるんだーと笑ったその口から八重歯が覗く。

「ふーん。俺も何か作ってもらうかなー」

「兄ぃのところには何でもあるんじゃないの？　あ、奥方に贈り物とか」

それはいらない。このあいだ簪をもらったばかりだ。

「淡雪にか……そうだな、俺は別にほしいものないし……」

いや、こちらもほしいものはない。簪で充分だ。声が伝わらないのが本当に困る。

止めるすべのないまま追っているうちに、江魚が道の先を指さした。

「そこだよ、牧さんの店。——兄ぃが仕事なら、おれは店に入らないでおこうか？」

「いや、先に俺のこと知り合いだって紹介してくれ。あとは近くで時間潰しててくれるか？　一応、道は憶えたつもりだけど、帰りに迷うとまずい」

「わかった。ちょうど近くに煎餅が食える店があるから、そこにいる」

そう言って江魚が、両手で椀のような形を作り、鳴矢に差し出す。

「あ？　何だ？」

「煎餅の店で待ってるって言っただろー」

小遣いを寄越《よこ》せということらしい。鳴矢は呆れ顔で懐を探り、数枚の銭を手のひらにのせてやった。

「相変わらずちゃっかりしてるな、おまえ……。じゃあ、頼むぞ」

「へいへい、任せて」

都でも庶民の家となれば、木材や石をのせた板葺《いたぶ》き屋根に網代《あじろ》壁の、数軒が連なった棟割長屋が一般的だが、市の店も似たような造りで、ただ住居よりさらに長い十軒ほどが板壁で区切られていた。だいたいは布の隣りに染草など、関連する品物の店が並んでいるが、ところどころで、針の店と櫛の店のあいだで海藻を売っていたりと、雑然とした雰囲気もある。

牧人の木工細工の店は、漆の店と沓の店にはさまれていた。関係あるのかないのか微妙なところだ。

店先の露台には硯箱《すずりばこ》や文机、小物が入りそうな箱が並べられていた。露台の横の、軒で日差しがさえぎられるあたりに小さな椅子が置かれ、そこに腰掛けた千登里——理古が、二歳くらいの女児を膝にのせてあやしている。

「——どうもー、こんにちはー」

江魚が愛想よく手を振りながら声をかけると、理古はぱっと顔を上げた。

「あら、江魚さん。ごめんなさいね、注文のおもちゃはまだ半分くらいしか……」

「あ、違う違う！　今日は客を案内してきただけ」

そう言って江魚は、後ろにいた鳴矢を指さす。理古は娘を抱いたまま立ち上がり、鳴矢の上背に少し驚いたように目を見張りつつ、にこやかに会釈した。

「江魚さんが僧衣じゃないお客さんを連れてくるなんて、初めてじゃない？　いらっしゃいませ。どうぞ、御覧になってくださいな」

「どうも。江魚から、ここの細工は特にいいって聞いたもので」

「——じゃあ兄ぃ、おれは先に煎餅買ってくるから、ゆっくり見てて」

鳴矢があいさつをすませるなり、江魚はさっさと店から離れる。

鳴矢は露台に並べられた品々を眺める素振りで、さりげなく店の中もうかがっていた。奥では牧人が土間に敷いた筵《むしろ》に座り、箱の蓋と思しきものを木賊《とくさ》で磨いている。その傍らで、おそらく理古が抱いている娘の兄であろう男児が、大きさも形もばらばらの木片を高く積み上げて遊んでいた。

「……妻の部屋の棚に置ける、菓子箱がほしいんだ」

「菓子箱ですか。蓋付きの手箱でしたら幾つかありますけど、どれくらいの大きさがよろしいですか」

「棚の奥行きがこれぐらいだから……」

何を土産にされるのかと思ったが、意外と実用的なものだった。たしかにちょっとした菓子を棚に置いているが、布に包んでそのまま並べていたので、手箱にまとめて置いておくのはいいかもしれない。

「でしたら、こちらか……あとは、こちらも」

娘を椅子に座らせて、理古が露台の下から手箱を数個、出してくる。

「こっちのはちょっと大きいかな。これかこれの、どっちか……」

大きさのちょうどいい、色合いの異なる手箱をふたつ選んで、鳴矢は蓋を開けたりひっくり返したりして悩み始めた。

「……これ、何の木で作ってる？」

「色みは違いますけど、どっちも杉ですね。うちの細工はだいたい杉か槻《つき》なんです。

萱《かや》や桜を使ったものもありますけど」

「へー。じゃあ、牛玄山《うしくろやま》か布間山《ふまやま》あたりの杉かな」

「……いえ、津奈山《つなやま》です」

理古の声ではない、太い声が店の奥から聞こえた。答えたのは牧人だった。

「津奈山？　津奈山って、えーと……もしかして石途《いわと》の？」

「そうです」

「またずいぶん遠いところの木材を……。このへんの杉と何か違いが？」

「……良《よ》し悪《あ》しに違いはないと思います。ただ自分が、津奈の杉のほうが扱いに慣れてるってだけで」

「ああ——もしかして、石途の出身？」

それまで鳴矢のほうを見もせずに黙々と作業をしていた牧人が、手を止め、初めて顔を上げた。

鳴矢に向けられた視線は、刺すように鋭い。

「……ええ、そうです」

「石途かぁ。行ったことないけど冬はえらく寒いらしいね。御亭主が石途ってことは奥方も？　でも、奥方はそっちの訛《なま》りがないね」

牧人の探るような鋭い眼差しには気づかないふりをしているのだろう、鳴矢はまだふたつの手箱で迷う素振りをしながら、理古のほうに目を向ける。

各地から人の集まる都なら、こんな問答はただの世間話のうちではないか。どうということもないはずだ。――だが、生真面目ゆえに、牧人も理古も、そう割り切って受け流せなかったのかもしれない。

理古の愛想笑いに、明らかに動揺がまじる。これはかえってまずい。牧人も警戒を露《あら》わに立ち上がり、表に出てきてしまった。

鳴矢もこの程度で二人が反応すると思わなかったのか、少し困ったような微苦笑を浮かべる。

「……どうかした？　何か、訊いたらいけないこと訊いたかな」

「あんたの名を、まだ聞いてなかった。どこの誰だ」

「江魚の知り合いだよ。名乗らないと買えない？」

「誰の知り合いでも、笠で顔を隠した客は信用できない」

「ああ、これは顔を隠すために被ってるわけじゃないんだけど……」

どうするかな、と鳴矢がつぶやいたそのとき、それまで思いつめた顔で黙っていた理古が、いきなり手箱を持つ鳴矢の右の手首を摑《つか》んだ。

「っ、ちょ……」

「理古！」

鳴矢と牧人が同時に声を上げ――

「……牧人」

ゆっくりと、大きく目を開いていた理古が、驚きの表情で鳴矢を見上げる。

「大丈夫。……この人は大丈夫」

「そうなのか」

「ここで笠は外せないですね。髪の色が目立ちすぎる……」

理古の肩からは力が抜け、すっかり落ち着きを取り戻していたが、逆に鳴矢の目が鋭くなっていた。

理古は鳴矢の手首を放し、御無礼しました、と言って頭を下げる。

……これは。

どういうことなのか。

理古は、天羽千登里は――何の力も持っていなかったのではなかったか。

「あんた、いったい……」

「すみません、表でできる話ではありませんから、中へ。あ、箱はそこへ置いておいてください」

理古は店の奥に入るようにと鳴矢をうながし、娘を抱き上げつつ牧人に何か耳打ちした。理古の話を聞くうち、険しかった牧人の顔も次第にやわらいでいく。

理古が説明を終えたのを見はからって、鳴矢が口を開いた。

「あんた、何の力も持ってないんじゃなかったのか」

やはり鳴矢も、理古が何かの『術』を使ったと見たのだ。

「あたしが自分の力に気づいたのは、七つのときなんです。それからずっと力のないふりをしてきました」

七歳ということは、五歳の選別のときには見逃されたということか。

そして、相手に触れることで『見る』力は、ふたつ。

「……他心《たしん》と宿命《しゅくみょう》、どっちなんだ」

「あたしは『時の手』だけです」

過去を見る、宿命力だ。

「でも、過去が見えれば、その人の心も何となく読めます。……たとえば、あなたがどれほど奥方様を大切に思っておいでなのかということも」

「……」

鳴矢は眉間に皺を刻んだまま腕を組んだが、口元だけが、面映《おもは》ゆそうにもごもごと動いている。

「あなたがこちらにおいでということは、奥方様もこの場を御覧になっているのではないですか。『鳥の目』で」

「……ここでそれを知ってるのは、俺だけだったんだけどな」

「決して他言はしません。ただ、牧人には……夫にだけは、お許しください」

「それは……まぁ……夫婦で隠しごとは、ないほうがいいな」

軽くため息をつき、鳴矢は、ごめん、とつぶやいた。

これは、見ているこちらに向けて言ったのだろう。鳴矢のせいではないし、理古のほうも隠していた力のことを打ち明けているのだから、お互い様だ。

「触れただけで何もかもお見通しってのは、すごいな。刑部省《ぎょうぶしょう》が知ったら、ぜひとも罪人の尋問に協力してくれって、泣いて頼みこむだろうよ」

「全部が全部わかるわけでもないんですよ。あたしの力では、頑張っても半年前までしか見えません。それに、細かい日常のこともあやふやです。見えるのは、より強く心に残っている事柄の、それも断片だけで……。半年ぶん何もかも見ようとしたら、相手の手を一日中握ってでもいないと、無理でしょう」

そう言って、理古は眉を下げて笑う。

一日中、誰かの手を握っていたのは——三実王の二番目の后、時雨《しぐれ》だ。

「それに時が経てば経つほど、見えるものは薄くなります。やっぱり一番よく見えるのは、ここ二、三日のことですよ。……昨日見つかったばかりなんですね、あたし」

「寺にいる『和可さん』についても、他言しないでもらえるとありがたい」

「承知しました。と言いましても、あまり詳しくは見えていませんので、和可さんはただの新しいお客さんとだけ、思っておきましょう」

理古は娘の背をとんとんと叩いてあやしながら、うなずいた。

鳴矢は理古の背後に、守るようにぴったりとくっついている牧人に目を向ける。

「こっちも奥方の力については他言しない。俺の立場を利用して何かさせるつもりもない。もちろん、戸籍もそのままにしておく。何なら正式な通行証も出させるが」

「いや、石途には二度と戻るつもりはないから」

「木材の仕入れは？」

「こっちでできた仲間に仲介を頼んでる」

「わかった。けど、もし戸籍のことで何かあれば、俺の在位中ならどうとでもするから、遠慮なく言ってくれ」

「……在位中って、いつまでなんだ」

「今年の二月から五年間だ。そう決まってる」

「五年……」

つぶやいたのは、理古だった。先ほどまでの笑顔が消えている。

「それじゃ、おおきさ……奥方様は、五年で里に……」

「一応、そういうことになってるけど」

「いけません」

あまりの強い口調に、母の腕でうとうとしていた娘が、ひゃあ、と声を上げた。

それでも理古は娘を抱きしめたまま、頭を振って鳴矢に詰め寄る。

「絶対に帰してはいけません。あの里に帰ってはいけない。帰ったら──」

何かが壊れる大きな音が響いた。

あーあ、と残念そうな子供の声がする。息子が熱心に積み上げていた木片が、崩れてしまっていた。

「……帰すつもりはないけど」

鳴矢が低く、ぼそりと言う。

「気になる言い方だな。帰ったら、何かあるのか」

「……」

理古は迷うように視線を揺らし、牧人を見た。牧人は小さくうなずく。

「奥方様に、会わせていただけませんか」

再び鳴矢に向き直った理古の顔色は、青白い。

「会って、直接お話ししたいんです」

「……妻が外へ出るのは難しい。こっちに来てもらってもいいか」

「もちろんです。できれば、夫と一緒に行きたいのですが」

「子供たちもか？」

「子供たちは、寺で預かってもらいます。……夫はあたしが一人で遠出すると、心配するので」

逃げてきた経緯が経緯だから、目の届かないところへ行かせると不安になるようなのだと、理古が小声で付け加えた。

「それは構わないけど、そうすると場所が……昼殿までしか入れなくなる……ああ、そうだ。女官の面会用の部屋にするか。誰かの身内ってことにして」

鳴矢はそう言いながら、何もない空を見ている。

……わたしに言っているのね。

「そうすると、香野がいないときのほうが、都合がいいな。香野の休みは──」

今日だ。よりによって。

「……今日か。あとは六日後になるな」

「今日これからでもいいです。長居はしません。必要なことだけお話しできれば」

「わかった。ただ、俺は寺に戻って車で帰らなきゃならないから、二人を連れていけないんだ」

「行き方さえ教えてもらえれば、二人で行く」

牧人に言われ、鳴矢は後宮の女官を尋ねる方法の説明を始める。

……これは、こちらも準備しておかないと。

淡雪は『目』を閉じ、横になっていた長椅子から立ち上がった。

誰かに協力を頼まなければならないが、昼から夕刻まで普段は誰も冬殿に来ない。表門の扉を叩いて誰かが気づいてくれるのを待つか、庭に立って大声で人を呼ぶか——いや、大勢に気づかれるようなことはしたくない。

そのときふと、女官の控えの間にある小さな鐘を思い出した。女官を呼びたいときに鳴らすらしいが、これまで使ったことはなかった。これしかないだろう。

淡雪は控えの間へ行き、小さな釣鐘と木槌《きづち》を手に、建物の裏側に出た。左手に鐘を掲げ持ち、右手で木槌を構えて、初めは控えめに叩いてみる。かん、と音がしたが、これではまだ響かない。もう少し強く打ってもよさそうだ。

あらためて、もっと思いきって叩いてみると、高く澄んだ音があたりに響き渡る。これなら外にも聞こえるか。

残響が消える間際に、もう一度打った。たしか三度鳴らすのだと聞いたが、それで気づいてもらえなければ、誰か来るまで叩き続けるしかない。

三度目の残響も消え、四度目を打とうとしたところで裏門の戸が勢いよく開いた。飛びこんできたのは、真登美だった。

「どうされましたか、后——」

気づいてくれたのが信頼できる兵司だったことに安堵し、淡雪は木槌を構えていた手を下ろす。

「よかった……。ありがとう、来てくれて」

「巡回中に音が聞こえましたので。何かありましたか」

「今日が五月三十日だったことをうっかり忘れていて、王に頼まれていた用事をいま思い出したの。今日これから、王に私的な来客があるはずなのだけど、わたしも同席してほしいと言われていて」

「そういう御用でしたか」

今度は真登美がほっとした顔をする。鳴らしたことのない鐘を使ったせいで、あせらせてしまったようだ。

「驚かせてごめんなさいね。王はお客様が来る前に出かけなければいけないところがおありらしくて、わたしが部屋を用意するように頼まれていたのよ。それを、今日の日付を勘違いしてしまっていて、部屋の用意を誰にも伝えていなくて……」

「でしたら、先ほど流宇を見かけましたので、呼びましょうか」

「あっ、そうね。お願いできる？」

すぐ連れてきますと言って、真登美が踵《きびす》を返す。近くにいたのが真登美で、本当に助かった。

掃司を呼ぶ間もないので、自分で簡単に身支度をしながら待っていると、ほどなく流宇が真登美とともに駆けこんできた。息が上がっている。

「走ってきたの？　悪かったわ、急《せ》かせてしまって」

「い、いいえ。……真登美さんから、聞きました。王の、お客様ですか？」

「ええ。即位前にお世話になったことがあるらしくて……。御夫婦でお見えなのですって。殿方は昼殿までしか入れないでしょう？　だから、女官が外の人と面会に使っている部屋でお目にかかれないかしら」

昼殿の端に女官が家族や友人と面談できる部屋があり、そこまでなら父親や兄弟も入ることができる。部屋は複数あると聞いているので、一室でも空いていればと思ったのだが。

「……今日は、うるさいかもしれません」

流宇が少し困った面持ちで、額ににじんだ汗を袖口で押さえた。

「うるさいって？」

「今日は尚侍がお休みで、明朝まで戻られないんですけど、そういう日は掌侍の二人が、よく友人たちを招いて、面会の間で日暮れまでおしゃべりしてるんです」

「香野さんがお休みの日は……っていうことは、香野さんが尚侍になるときに連れてきた掌侍たち？」

「そうです。主の休日に羽を伸ばしているんです。今日も五、六人でおしゃべりしていますから、まだまだ帰らないと思います」

それは困る。一嶺家とつながりのある香野には知られないように、鳴矢から言われているのだ。うるさいのも落ち着かないが、香野配下の掌侍たちがいる部屋の近くで理古と込み入った話はできない。

「……王の私的なお客様だから、できれば内密にしたいのよ。昼殿で、どこか適当な部屋はないかしら」

「でしたら、内侍司の空き部屋はいかがでしょう？」

流宇が片手を上げて提案した。

「昼殿からちょっと奥に入っただけのところですから、外の方が入っても大丈夫だと思います。和可久沙さんが使っていた部屋が空いていますし、いまの時間、ほとんど誰もいません。女孺が何人かいるかもしれませんけど、あたしが見張ります」

少々気負っては見えたが、お任せくださいと胸を張った流宇は、もう立派な典侍の顔をしている。淡雪は思わず唇をほころばせた。

「流宇、この短いあいだに、ずいぶんしっかりしてきたのね」

「えっ？　え、いえ、ま、まだまだですがっ」

途端に真っ赤になってしまったが、背後の真登美も目を見張っている。

「正直に申しまして、流宇に典侍が務まるかと心配しておりましたが……后にお引き立ていただいて、やはり、よかったようです」

「真登美さんが兵司できちんと指導していた下地があるからよ。――流宇、そろそろ王がお戻りになるはずだから、お願いできる？」

「は、はい！　あっ、先に様子を見てまいりますので……后は真登美さんと一緒に、まず夜殿でお待ちください。人払いできましたらお呼びします！」

頬を紅潮させたまま、流宇が仰《の》け反《ぞ》らんばかりに背筋を伸ばした。


流宇と真登美の尽力によって、淡雪は帰ってきた鳴矢とともに、かつて和可久沙が使っていた内侍司の一室で、理古と対面していた。事前に言っていたとおり牧人も同行していたが、自分はただの付き添いだからと、部屋の隅でじっと座っている。

淡雪がここに入るのは和可久沙に別れを告げにきた日以来だが、今日はしっかり扉を閉めた。前もって流宇が確認してくれたので、この部屋のある建物には、淡雪たち四人の他は誰もいないことがわかっている。面会が終わるまでは別棟で休憩中の女孺たちが近づかないよう、流宇と真登美がそれとなく見張ってくれるという。

もともと部屋には椅子が二脚しかなかったため、椅子は理古と牧人に勧め、淡雪と鳴矢は和可久沙が使っていた寝台に並んで腰掛けていた。

「初めまして……というわけではないですけれど、理古さんはわたしの顔を知りませんよね」

淡雪が切り出すと、理古は苦笑する。

「四橋との婚礼のときに、巫女の皆さんがおいでくださいましたね。ただ、あいにくお顔は……」

「ええ。――大紅葉《おおもみじ》の霧生《きりゅう》の娘です。いまは、淡雪と名乗っています」

天羽の里は住民がすべて同族のため、同じ氏の家が多い。だから区別のため、氏に家の特徴などを付けて呼び合っている。淡雪は后になるため天羽を名乗る前、もとは霧生という家の生まれで、実家は庭に大きな紅葉の木があるので、大紅葉の霧生、と呼ばれていた。

「大紅葉の……依世《えよ》さんの娘さん？」

「そうです」

「ああ、依世さん……目元がよく似ていらっしゃる」

理古は懐かしそうに目を細め、そうだ、とつぶやく。

「先にお渡ししますね。お買い上げいただいた、こちら、お持ちしました」

理古が膝の上に乗せていた布包みを開くと、先ほど鳴矢が店で見ていた手箱が出てきた。鳴矢はふたつのうちどちらにするか、迷っていたが。

「こちらでよろしかったですよね？」

「ああ、そう、それ。わざわざ運ばせて悪かったよ」

鳴矢が立ち上がり、手を伸ばして理古から手箱を受け取った。

「ここに来るのに、これを届けにきたって口実が使えるかと思って、持ってきてもらったんだ。淡雪が部屋を用意してくれてたから、口実はいらなかったんだけど」

はい、と言って、鳴矢が淡雪に手箱を渡し、また隣りに座る。

「ありがとうございます。あなたがどちらにするか悩んでいたとき、わたし、こっちがいいと思っていたんですよ」

「あ、そうなんだ？　それならよかった。いや、結構迷ったから……」

首の後ろを掻きつつ安堵の表情を見せた鳴矢に、淡雪はにっこり笑いかけ、手箱を眼前にかざした。

「木のいい香り……。お土産、うれしいです。お菓子入れにしますね」

手箱をひとしきり眺めて、淡雪は理古に視線を戻した。

「ああいうときでも、ただ見ているだけなので、わたしは右手に持っている箱がいい──とは伝えられないのが、もどかしいんですよ」

「……ああ……」

天眼天耳の力のことだとわかったのだろう、理古は大きくうなずいた。

「もどかしいことは、他にもいろいろありました。……千登里さんがつらい目に遭っているのに、わたしは、ただ見ていただけでした」

手箱を傍らに置き、腰を折って、淡雪は理古に頭を下げる。

「勝手に見ていて、ごめんなさい。見ていたのに……何もしなくて、ごめんなさい」

「そんな――」

がたりと、椅子が音を立てた。

「顔を上げてください。見ていたなら、牧人とのことも知っていましたよね？　でも誰にも言わないでいてくださったんでしょう。わたしが牧人と逃げたことも……」

ゆっくりと姿勢を戻すと、理古は前のめりになっていた。淡雪はぎこちなく笑みを浮かべる。

「寺であなたを見て、本当にうれしかった。どうか無事に逃げきって、幸せになってほしいと、ずっと祈っていましたから……」

「幸せです」

理古は一度牧人を振り返り、そして淡雪に向き直った。

「幸せです。夫と、子供たちと……都で、自由に暮らせています」

「……よかった……」

幸せそうに暮らしているのはわかっていたが、本人の口からそれを聞けて、あらためて涙がこみ上げてくる。両手で顔を覆った淡雪の背を、鳴矢が静かにさすった。

「あたしは大丈夫です。力が現れるのが遅かったおかげで、里では本家の役立たずと言われてきましたから、いまさら捜されることもないでしょう」

淡雪は目じりにたまった涙を袖口で拭い、息を吐く。

「……里では、あなたは亡くなったことになっています」

「それでいいです。むしろありがたいです。やっぱり、力のことを誰にも話さないでよかった。あの里では強い力や稀《まれ》な力を持っていると知られるほうが、不幸せです。力なんか持っていたって、本家に利用されるだけなんですから」

理古は——千登里は、稀有な力があると持ち上げられるより、役立たずと呼ばれるほうを自ら選んでいたのだ。姫名さえも捨てて、あれほどの目に遭いながら、実家に助けも求めず。

「わたしも……里では、自分の力を弱く見せていました」

「それが正しいと思います」

口調は穏やかだが、里のことを語る理古の表情は硬かった。

「でも、わたしがそうしていたのは、万が一のためです。もしも何か見てはいけないものを見てしまって、それを誰かに知られたとき、わたしにはそこまで見る力がないと言っておけば、自分の身が守れるかと思って……」

「それも正しいことです。天羽の本家は、里の民に隠しごとばかりですから」

「……隠しごと？」

黙って聞いていた鳴矢が、眉をひそめる。

理古は鳴矢に小さくうなずいてから、淡雪に目を向けた。

「もしお嫌でしたら断ってください。——少し『見て』いいですか」

「どうぞ」

淡雪は腰を上げ、ためらいなく片手を差し出す。

理古が自分に対して宿命力を使いたいというなら、過去を見せていいと思っていた。

互いに力を使えば、こちらが一方的に生活を覗き見ていた罪悪感も少しは薄れる。

理古も立って淡雪に近づき、伸ばされた手を取ると目を閉じた。

淡雪には何の変化もない。ただ手を握られているだけだ。

「……」

理古の表情が、次第に険しくなっていく。

先ほどの鳴矢よりも時間をかけて——理古は大きく息を吐きつつ手を離した。

「ここへ来る前……夕影《ゆうかげ》姫と白波《しらなみ》姫にはお会いになっていたんですね」

まず何を言われるかと身構えていたが、天羽の里を発《た》つ前に、后の経験者二人から後宮の話を聞いた、そのこととは思わなかった。

「でも、冬木姫には会われなかった」

「え、ええ。冬木姫は体調がすぐれないからと……」

「四橋知種が他所の女のもとへ通っていたの、御存じでした？」

理古は唐突に、前の夫の名前を出す。

「あなたが……いまの御夫君に話していたのを、聞きました。里にいたときに……」

「はい。あたしはちょっと触れるだけで、いつ、どこで、誰と不貞をしてきたのか、すぐわかりますので」

そう言って、理古は皮肉っぽく笑った。

「あの人の不貞の相手、冬木姫だったんですよ」

「──えっ⁉」

思わず大きな声を上げてしまい、淡雪はあわてて両手で口を押さえる。

理古はようやく少し表情をやわらげ、椅子を引き寄せた。

「お掛けください。あたしも座らせていただきます。……そうですね、王もおいでですし、やっぱり最初からお話ししましょうか」

「最初？」

「はい。どうして天羽家が、都を出たのか──」

鳴矢がはっと息をのむ。

「知ってるのか？　七十年前のこと」

「本家の家長だった祖父から、この力を使って得られた情報だけですけれど」

理古は両の手のひらを、淡雪と鳴矢に向けてみせた。

淡雪は鳴矢の隣りに座り直し、理古の次の言葉を待つ。自分の腕と少し触れている鳴矢の腕からも、緊張が伝わってきていた。

「……ちょうど十年前、天羽家の長老が亡くなったのを憶えておいでですか？　あの長老、天羽成時《なりとき》が、あたしの祖父です。あたしは、老いて体のあちこちが痛むという祖父の肩や足を揉んであげる、孝行な孫娘のふりをしながら、この手で祖父の過去を見てきたんです」

理古の宿命力が及ぶ範囲は、半年前まで。だが例外的に、半年よりさらに前のことでも、見える場合があるのだという。

それは、何度もくり返し思い出してきた記憶。

強く印象づけられた過去の事象は、「思い出す」という行為によって、最近の記憶として浮上してくるため、触れると読み取れるときがあるのだそうだ。

過去を見るとは、すなわち記憶を見るということ。理古は力に気づいた七歳から、過去を祖父が死んだ十年前――十五歳のときまで、かつて天羽家の家長だった男の、過去を見てきたのだ。

「年寄りは最近のことより、昔のことをよく思い出します。祖父が晩年、頻繁に思い出していたのも、里に移る前、都ですごした子供時代や、里に移ってきた前後のことでした」

それは、いまから七十年前。嘉祥平治《かしょうへいじ》六年のことだった。

理古の祖父、天羽成時には、二つ上の姉がいた。名を、天羽花薄《はなすすき》。当時十五歳。

何月のことかはわからないが、それは八日、神事の日だった。花薄は神事のあとで友人たちとともに、艮《うしとら》の社で片付けものか何かの手伝いに駆り出されていた。

手伝いの最中、花薄はうっかり居眠りをしてしまったらしい。その短いうたた寝のあいだに、花薄は「神の声」を聞いた。

いまから百年のうちに、八家は神より与えられし力を失い、やがて一家のみが王家として千和に君臨する——と。

「……ごめんなさい、ちょっと待って」

淡雪は思わず、理古の話をさえぎっていた。

「その、花薄姫は天羽家の子でしょう？　神の声を聞けるのは、神官家、それも小澄家だけではないの？」

「はい。そのはずです。でも、何故か花薄姫には聞こえたんだそうです」

「それは……日ごろから神の声を聞いていたの？」

「そうではなかったようですね。その一回きりだったみたいです」

理古は首を横に振って、そう告げる。

「その話を聞いた花薄姫の父親も、同じ疑問を持ったんでしょう。当時の天羽家では花薄姫の父が家長、そのまた父が隠居したばかりの長老でしたが、さらにその父親がまだ存命で、大長老と呼ばれて一族に絶大な権威を持っていました」

家長である花薄の父親は大長老に報告し、意見を求めたという。

大長老が出した結論は、「それは本物の神の声である」というものだった。

曰く、花薄の母親は小澄家の出身であるため、その血を引く娘が小澄家と同じ力を有していてもおかしくはない。さらには、もともと天眼天耳力は小澄家の女子、他心力、宿命力は波瀬家の女子に現れる力だったが、初代の小澄家と波瀬家の娘がともに天羽家二代目の男子に嫁したため、女子にしか伝わらないこれらの力が、天羽家特有のものとなったという伝承もある。天羽家の女子には、他家にはない特別な力が発現しやすいのだ。今度のことも、花薄に特別な力が備わっていたからに違いない。これは天羽家こそが唯一の王家となるという、神からの啓示であろう――

「……未来を知らせる、神の声……？」

「大長老はそう判断したようです」

理古は困ったように、少し眉を下げる。

「大長老はこの予言のような言葉を、代々の家長だけに伝える秘事と決めて、天羽家が確実に王家として残る方法を考えたのだそうです」

神の声が未来を語ったものならば、今後百年のうちに八家は力を失うが、その中で一家だけは王家として人々の上に立てることになる。

では、王家となれるのはどのような家か。

八家が千和を統治できる根拠は、神々から与えられた力だ。ならば、やはり王家として残れるのは、最後まで力を保持できた家ではないだろうか。

それならどうすれば、他家より長く、強い力を維持できるのか。

大長老が考えた方法が、天羽家の血をなるべく濃く保つことだった。

都にいれば、他家と婚姻を結ぶ機会が多くなる。力を失った他家の者と夫婦になっても、力の弱い子しか生まれないだろう。ならばいまのうちから、天羽一族の中でも力の強い男子と、特別な力を持つ天羽家の女子とを夫婦にして、力の強い子を生ませればいい。そのためには、天羽一族は都に留《とど》まっていてはいけない。

どこか遠くで、天羽家の強い血を守らなくては――

「……それで、都を出ていったって？」

身を乗り出して話を聞いていた鳴矢のつぶやきに、理古は眉をくもらせつつ首肯する。

「天羽家の所領は主に石途国にあります。だから石途の山奥に里を造ることにしたんでしょう。でも、神の声のことを内緒にしていたくらいですから、そんな理由で都を離れるなんて、もちろん他の七家にも、同じ一族にも言えません。それでも大長老はかなり強引に、移住する者たちを集めたみたいです」

まず家長が合議の場で、ありもしない「天羽家が受けた不当な扱い」をぶちまけ、七家との関係を悪化させる。そして他家に嫁いでいた本家の娘たちを無理やり離縁させ、可能な限り子供ごと天羽家に引き戻す。これで夫婦仲のさほど良くなかった娘は引き取れたが、そうではない娘には強く拒まれ、当然、結局連れていけなかった者もいた。それでも、天羽家に近い豪族も含めて、数十人が石途国へ旅立ったという。

大長老は移住の二年後に死去したが、次の長老が考えをしっかり継ぎ、里の基盤を造ったのだそうだ。

ただし当初は里に神殿はなく、巫女も集められていなかった。ところが都で使われる『術』が不安定になり、七家から天羽家の娘を一人、巫女として都に置いてほしいと要請があったとき、長老が思いついたのだという。

王は天羽家の男子ではないが、誰よりも強い力を持っている。こちらの娘を寄越せというのであれば、巫女としてではなく、后とさせよう。后が王の子を生み、代替わりで后を生まれた子とともに里帰りさせれば、間違いなく力の強い子が手に入るではないか——と。

そのためには、こちらも常に、后として送り出せる娘を用意しておかなくてはならない。しかし王の代替わりは、早ければ数年に一度ある。本家の娘だけではまかなえない。そこで天羽の本家は、后に適した娘を確保しておくため、神殿を建て、巫女を置くという名目で若い娘を集めた。そのうち五歳で選別するやり方が定着し、いまに至っている。

「……そういう目的があって后を送ってたなら、王と后が名ばかりの夫婦じゃ、天羽家は不満だろうな」

鳴矢が硬い声で言うと、理古は苦笑した。

「愛妾がいたり、それどころか神事でしか顔を合わせなかったりするんでしたよね？　たしかに誤算だったかもしれませんね。現に、唯一后が連れ帰った姫君は、いま巫女の館で一の長を務めるほどの力を持っていますから」

「え？　一の長って、そういう方だったの？」

「はい。あの人は、何代目だったか……当時の王と、后になった白露《しらつゆ》姫との娘です」

「……知らなかったわ」

一の長は他心力を持っている。王の娘はたしかに強い力を有していたのだ。淡雪は思わず、つばを飲みこむ。

「ちなみに、あたしと同じ宿命力を持っている二の長は、花薄姫の娘です。夫は里の人だったそうですが」

「花薄姫も、神の声を聞けるくらいなのだから、強い力を持っていたのね……」

「血筋でいうなら、あたしもそうですが、淡雪姫が稀な力を持っておいでなのも道理ですね。山下の霧生のおじい様は、花薄姫の弟君ですから」

「……初めて聞きました」

淡雪はゆっくりと瞬きをし、隣りの鳴矢を見上げた。

「山下の霧生というのは、わたしの母方の祖父なんです。里がある山の一番下の……里の出入口近くに住んでいるので、そう呼ばれていて。たしかもう八十歳になるんですが」

「へぇ、御長寿だな。それならおじいさんも、七十年前のこと知ってるのか」

「そうだと思います。聞いたことはないですが……。そもそもわたしは、巫女になって以降は会っていませんし」

どんな顔をしていたか、面差しはおぼろげだが、やさしいおじいさんだったという記憶だけは残っている。

「結婚が遅かったそうで、祖母とはちょっと年が離れていて。わたしの母が三女で、空蟬姫が四女なんですが、長女にあたる伯母も、巫女に選ばれたことがあると聞きました。娘四人のうち二人が巫女、孫のわたしも巫女で、少なくとも二人は天眼天耳の力があるんですから、たしかに本家の血筋は、変わった力を持ちやすいのかもしれませんね」

「そう、空蟬姫——」

理古がはっと顔を上げた。

「空蟬姫は、もう代替わりで里に帰ったんですよね……」

「いや、都にいる」

「えっ?」

理古が目を見開き、淡雪も驚いて鳴矢を見る。

「言ってしまっていいんですか?」

「言いふらさないだろ、この人なら。むしろ知っても黙っていたいはずだ。里に関わることなんだから」

「……ああ、そうですね」

「えーと、空蟬姫は、一度は都を出たんだけど——」

鳴矢は簡潔に、空蟬が己の死を偽装して都に戻ってきた経緯を、理古に説明した。

「……っていうわけで、いま空蟬姫は前の王のところにいるんだ。よっぽど帰りたくなかったらしい」

「そう……そうですね、きっと、都に残るには、その方法しかない……」

うつむいた理古が、何か低くつぶやく。どうしてか、その目は暗い。

「理古さん？」

「后。あなたも、同じ方法で都に残ったほうがいいです。いえ、残ってください」

「――淡雪を、死んだことにしろって？」

淡雪が言葉を返す前に、鳴矢が声を上げた。明らかに非難めいた口調だったが、理古はそれにひるむことなく、どこか痛々しい表情でうなずく。

「そうです。気持ちのいいものではないでしょうが、一番確実です。そうしなければ、誰かが本当に死ぬかもしれませんから」

「何だって？」

「どういうこと……？」

鳴矢と淡雪は、二人同時に問うていた。

理古は一度唇を強く引き結び、険しい面持ちで口を開く。

「后。都での暮らしは、里の暮らしと比べて、どうですか」

「それは、こちらのほうがずっと暮らしやすいわ。外に出られない不自由さはあっても、それは巫女の館も変わりはないし……ここで、ずいぶん大切にしてもらえているということもあるけれど……」

横目でちらりと隣りを見ると、鳴矢は気遣うように目をこちらに向けていた。

「では、王とそれほど仲がよろしくなかったとしたら？」

「……それでも、こちらのほうがいいと思うわ。都のほうが、人が明るくておおらかだという気がするの」

「あたしも同感です。これまでの后でも、里に帰るのが待ち遠しかった人は、あまりいなかったと思います。だいたいの后が、なかなか里へ帰ろうとしなかったらしいですから」

「そうだったの？」

白波も夕影も、そんなことはひと言も言っていなかった。それどころか、都より里のほうが、居心地がいいような口ぶりですらあったのに。

「はい。でも、結局は帰るしかないんです。……予定の日を過ぎても都に残っていると、里から知らせが届くはずです。すみやかに里に戻らなければ、后が里に着くまで、実家への食糧の配布を止める、と……」

「え──」

淡雪は片手で胸を押さえていた。

里では米も塩も干魚も狩ってきた獲物も、天羽本家の差配で、各戸に人数に応じて決まったぶんだけ分け与えられる。自由になるのは庭木から採れる木の実くらいのものだ。貴重な食糧を平等に行き渡らせるための分配だが、それを止めるというのか。

「そんな……そんなことをされたら」

「そうです。帰らなければ、親兄弟が飢え死にです。だいぶ昔ですが、まさか本当にそんなことはしないだろうと、都にとどまっていた后がいたそうです。ところが、しばらくしてその后のもとに実家から、食べるものがなくて祖父が亡くなったと知らせがいって……それで、ただの脅しではなかったのだと、あわてて戻ったと」

「聞いたことがないわ、そんな話……」

「本家が后の実家に口止めするんです。他の家は知らないはずです」

「……」

背筋が寒くなり、淡雪は小さく震えた。鳴矢がその肩を抱き、舌打ちする。

「実家を人質にするのか。とんでもないな」

「巫女の館に入って、ずっと疎遠にしていたとしても、身内を飢えさせて平気で都に残れる后はいないでしょう。……あなただって」

理古は苦渋の表情で、淡雪に語りかけていた。

たしかに疎遠だ。でも母を、弟妹を、飢え死にさせても構わないとは思えない。

「ただ、素直に帰っても……次は、別の苦しみがあるだけなんです」

理古の表情はさらに暗く、声も低くなっている。

「后。里に帰った歴代の后が、どこに住まわされているかは、御存じですよね」

「え……ええ。里の奥に、もうひとつ小さな里が造られていて、そこに……」

「見たことはありますか」

天眼天耳の力で、ということだろう。

「いいえ。わたしの『目』では、そこまでは届かなくて」

「あたしも行ったことはありません。四橋の記憶から『見た』だけですが――」

そういえば、さっき理古は、元夫の不貞相手は冬木姫だったと言った。

元后の冬木も、その奥の里にいるはずで。

嫌な予感が背中を這《は》い上がってくるのと同時に、理古がきつく眉根を寄せた。

「……天羽の本家は、里に帰った后や、后候補だった巫女を、隠れ里に集めて、強い力を持つ男たちを通わせて、子を産ませているんです」

その言葉の意味を、理解した刹那。

気が、遠くなっていた。

白んだ意識をかろうじてつなぎ止めたのは、肩に感じた強い痛みだった。

「淡雪」

「……あ……」

切れそうなほどに目をつり上げた鳴矢の顔が眼前にあった。その表情と、肩を抱き寄せる手にこめられた力が、いまの理古の話が聞き間違いではなかったことを物語っている。

「それを知ってたから、さっきあんなに、絶対帰したらいけないって言ってたのか」

「そうです」

理古は、自分で自分の手を握りしめていた。

「お二人は、お互いにとても想い合っておいででしょう。だからこそ、后は里に帰ってはいけないんです。帰れば──」

己の意思は無視され、別の男をあてがわれ、子を産むことを強要される。

帰らなければ、親と弟妹を見殺しに。帰れば自分自身の心を殺されるということ。

「……天羽の里は、地獄か」

地を這うような声で、鳴矢がつぶやいた。

絶望の淵《ふち》にいながら、それでもかろうじて意識を保っていられるのは、怒りをにじませながらこの身を強く抱きしめてくれている、鳴矢がいるからだ。

淡雪は冷たくなった手で、鳴矢の衣を握りしめる。

「隠れ里で……中には、夫婦のように睦《むつ》まじくしている者も、いないわけではないようです。でも、それもまやかしです。だって、そこに通う男はみんな、隠れ里を出れば、妻のいる家へ帰っていくんですから」

　語る理古の瞳にも、嫌悪と憤怒の色が見えていた。

「本家の長老と家長から隠れ里に入ることを許された男たちは、しばらく狩りに行くと言って、家を出ます。そうして隠れ里で、自分が気に入った相手を選ぶんです。女からは選べません。……四橋知種がどうして冬木姫を選んだのか、察しはつきます。冬木姫はお体が弱いようでした。あの人は、弱った女をますます弱らせるのが、好きだから……」

　反吐《へど》が出る、とつぶやいたのは、それまで部屋の隅で黙っていた牧人だった。同感だったのだろう、鳴矢がうなずいた気配がする。

　淡雪は息を吐き、鳴矢の腕の中にいながらようやく少し身を起こした。

「では……冬木姫は、幸せではないのでしょうね」

「そうだと思います。冬木姫に限らず、隠れ里で自分を幸せだと思えている女人は、ごくわずかでしょう。子も、本家が望んでいるほどには産まれていないようですし」

「そうなの？」

「隠れ里は、里よりさらに山奥ですから。冬はもっと厳しいですし、身籠ったとしても、都のように産婆や薬師がいるわけでもありません。力の強い子をたくさん得ようとして無理を重ねたんでしょうが、無理なものは無理なんです」

吐き捨てるように、理古が言う。

つまり、心身ともに過酷な状況に置かれているうえ、命がけの出産を強いられて、長生きできる女はいない——ということだ。

「……天羽家は、七十年かけて完全に誤った道を進んできました。花薄姫の予言まであと三十年ありますが、あたしは、唯一残るどころか、真っ先に滅ぶのは天羽家だと思います」

背筋を伸ばして座り直し、理古ははっきりと淡雪に告げる。

「天羽家から逃げてください。どんな方法を使ってでも、どうか、決してあの里には戻らないで」

第三章　覚悟

風に揺れる木立のざわめきが聞こえた。屋内にもどこからか隙間風が入ったのか、釣燈籠の火が微かに震え、床に映る薄い影が揺らめく。

淡雪と鳴矢は、いつもの夜のように寝台に並んで腰掛けていた。

だが今夜は、どちらも無言だった。

会話も触れ合いもなく、ただじっと座っている。

昼間の理古の話をまだ引きずっていて、何を口にすればいいのかわからなかった。

いや、言いたいこと、伝えたいことはあるのだ。しかしそれを言葉にすれば、鳴矢を困らせる。わかっている。きっと困らせてしまう。でも――

「……」

突然、鳴矢が大きく息を吐いた。

思わず振り向くと、鳴矢はどこか不穏な面持ちでこちらを見ている。

「えっ？　……怒って、いるの？」

「あ、いや、ごめん。違う。いや、腹は立ってる。……自分に」

「自分？」

「あー……」

髪の中に両手を突っこんで荒っぽく掻きまわし、鳴矢はもう一度、大息をついた。

「……子供ができるかもしれないからって、躊躇《ちゅうちょ》してたのは俺のほうだ」

鳴矢の声を聞きながら、そういえば今日は『火』の明かりがないから部屋が暗かったのかと、いまさらそんなことを思う。

「淡雪はいつも、俺が何しても許してくれてる。……だから、淡雪はとっくに覚悟ができてるんだってことも、わかってる」

「……」

「意気地なしは俺だけなんだ。我慢してるふりで、本当は……」

視界の端に、ぼんやりと明るいものが見えた。小鳥の鳴矢だ。いつも昼間は隠れているが、夜のあいだは好きに飛びまわっていて、いまは長椅子の背に止まっている。

小鳥ではない鳴矢のほうは、言葉に詰まってうつむいていた。

淡雪は腰を浮かせ、鳴矢と拳ふたつぶんほど空いていた距離を、少し縮める。

「……意気地がないのではなくて、無責任なことはしたくなかっただけでしょう？」

「またそうやって、俺を甘やかすことを言う……」

「じゃあ、何を言ってほしいですか？　わたし、いま、あなたを追いつめることしか言える気がしませんけれど」

「……いいよ、追いつめて。そうしたら覚悟できる」

「それなら言いません」

ぎこちない動きで再びこちらを見た鳴矢は、案の定、恨めしげな顔をしていた。

淡雪は微苦笑を浮かべ、寄りかかるように鳴矢のほうへ体を傾ける。

「わたしたち、考えていることは同じでしょう」

「……だろうね」

理古の話を聞いてからずっと、胸の底に抱えている思いは、不安。それから焦り。

里に帰ることはない。だが、もしも、連れ戻されるようなことになったら。

地獄がどんなところか見たことはない。それでも、鳴矢ではない何者かに、勝手に選ばれ、何もかもを壊される可能性を示されただけで、もう充分に理解できた。

いま、切実に、不安も焦燥も恐怖も塗りつぶしてくれる、何かがほしい。

いまなら自分が選べるのだ。

この心と身を、預けてもいい相手を。

「どうせ同じことを考えているなら、甘い誘い文句が聞きたいですね」

「……え？」

「わたしが追いつめるより、いい気分であなたに追いつめられたいです」

微笑んだつもりだが、うまく笑えていただろうか。

一瞬、ぽかんと口を半開きにしてこちらを見下ろした鳴矢の表情が、次第に強張り
――そして、瞳の奥に何かが点《とも》る。

鳴矢の唇が、ようやく笑みの形を作った。

「あらためて言われると難しいな。甘い誘い文句って……」

「いつもあんなにいろいろ言っているのに？」

「……言ってたかな」

「自覚ないんです？」

「ないな……」

つぶやいて、鳴矢が手を伸ばす。

その手に片頬を包まれて、淡雪は自然と目を閉じた。

ついばむように口づけられ、知らず緊張していた肩からわずかに力が抜ける。

と、ふいに背中に腕をまわされ、いつもより手荒に寝台に横たえられた。

「ごめん。……やっぱり今日は何も言えない」

いつもの『火』はなく、鳴矢の顔はおぼろげにしか見えない。

それでも、いま鳴矢がどんな表情をしているのか、淡雪にはよくわかっていた。

両手を差し伸べ、その余裕なく引きつる頬を、そっと包む。

「いいです、無理に言わなくて。……考えていることは同じなんですから」

「淡雪──」

ちぎれそうな勢いで帯を解かれ、肌が外気にさらされた。寒くもないのに、微かに震えてしまう。

熱を持った手のひらが腹の上をすべり、喉元近くで低くかすれた声がした。

「……渡さない。誰にも。絶対に……」

それは間違いなく、今夜、淡雪が一番聞きたかった言葉だった。


ふと目を開けると、裸のまま寝台にあぐらをかき、何もない薄闇をじっと見すえる鳴矢の横顔が視界に入った。

それは、少年の快活さをどこかに置き去りにして、幾歳《いくとせ》か時を重ねたような横顔だった。

急に変容した──というわけではない。これが鳴矢なのだ。いつもは隠している、どうしようもない孤独が、剥《む》き出しになっているだけ。

わかっている。ずっとそばにいると誓って、体を重ねて、それだけで鳴矢の孤独は埋められない。鳴矢の渇望は、もっと深い。だからこそ、一生が必要なのだ。

本当に一生そばにいて、その末にやっと、鳴矢の孤独は癒される。

……帰らない。

帰ってはいけない。あの忌まわしい里には。

でも。

「……」

鳴矢がこちらを向いて、目が合った。

怖いほど思いつめていたように見えた表情が、やわらかく緩む。

「起きた？　……まだ寝てて平気だけど」

「ぁ……」

返事をしようとしたが、ひどく喉が渇いていて、うめき声しか出せなかった。鳴矢がすぐに寝台を下り、水差しから碗《わん》に白湯を注いで持ってくる。

「起きられる？　ああ、いいよ、そのままで」

体を起こすのが億劫《おっくう》で、寝たまま碗を受け取ろうとしたが、鳴矢が首の後ろに腕を差し入れ、頭を起こしてくれたので、淡雪はどうにか喉を潤すことができた。

「……いま、何刻ごろ……？」

「さっき子《ね》の刻の鐘が聞こえた。だから、まだ寝てて大丈夫だよ」

そう言って、鳴矢は空になった碗を卓に戻し、また寝台に上がってくる。

淡雪は鳴矢も横になれるよう寝台の端に寄ろうとしたが、あまりのだるさにわずかしか動けなかった。思わず悔しげに顔をしかめると、鳴矢は小さく笑い、その少しの隙間に寝そべる。

「体、どこか痛む？」

「痛い……のも、少しはあるけれど……たぶん、すごく疲れているんだと思うの」

「あー、無理させたか……」

鳴矢は手枕で横になり、顔を覗きこんできた。

「それなら、やっぱりちゃんと寝たほうがいい。まだあんまり寝てないだろ」

たしかに眠ったのかどうかは、よくわからない。寝たというより、気を失っていただけのようにも思う。

体の下で皺くちゃになっている夜着を、着直すこともできないほどくたびれているのに、中途半端に目はさえていた。

「……何を考えていたんです？」

「ん？」

「さっき。わたしが起きる前」

「ああ――」

手枕していないほうの手で、鳴矢は淡雪の頬にかかった髪を払いのける。

「淡雪を、何の心配もなく都に残す方法」

「……」

首を傾けて鳴矢を見ると、鳴矢は穏やかに笑みを浮かべていた。

「前からいろいろ考えてはいたんだけど、結局、俺一人が動くだけじゃ駄目そうだ」

「あなた一人が、って……？」

「最初は、俺が淡雪と一緒に天羽の里に行ってもいいかなって思ったんだよ」

「えっ」

思わず体を起こしかけたものの、腰に力が入らず、頭を持ち上げただけに終わる。

勢いだけでは動けなかった。

「鳴矢、それは」

「うん。却下。まぁ、そもそも俺がくっついていって、すんなり里に入れてもらえるか、あやしいところだけどな。前例もないし」

「その前にわたしが反対します……」

一緒にいられたとしても、あの窮屈な里に鳴矢を閉じこめたくはない。

「そうだな。俺も、一番簡単だけど一番ありえない案だと思ってた。……次の案は、一番難しいけど、一番理想的なやつ」

「天羽家を、都へ戻す……ですよね？」

「そう。前にも話したよね。これは希景が賛同してくれてる。ただ、柏野理古の話のとおりなら、天羽家は目的があって都を離れてるわけだから、戻ってきてもらうのは無理なんだろうと思う」

いま都へ戻れば七十年の苦労が水泡に帰すことになると、天羽家は考えるだろう。少なくともあと三十年——天羽花薄が予言した「百年」の年を、強い力を保ったまま迎えるまでは、現状を動かすつもりはないはずだ。

「やっぱり、空蟬姫と同じ方法しかないような気がしてきました……」

ため息まじりにつぶやくと、鳴矢は口元に薄く笑みを浮かべたまま、少し目を伏せ——ゆっくりとまぶたを開けた。

「いや。……あるよ、まだ。他に、もうひとつ」

「……どんな？」

すぐには答えず、鳴矢は体を起こすと、淡雪の顔の横に手をついて、真上から見下ろす。

「鳴矢……？」

「俺は、王だ」

「……ええ」

「俺が王でいる限り、淡雪が后だ」

「ええ。……？」

もう一度うなずきかけて、淡雪ははっと目を見開いた。

そう、たしかに、自分は鳴矢の后だ。鳴矢が王のあいだは、后として都にいる。

その期間は、五年――の、はずだが。

「鳴矢、あなた、まさか……」

「十年でも二十年でも、俺が王でい続ければ、淡雪もそのあいだ、ずっと后だ」

「鳴矢……！」

淡雪は今度こそはね起きた。覆い被さるようにそこにいた鳴矢に勢いでぶつかってしまうが、鳴矢は難なく受け止めて、そのまま腕の中に抱きこむ。

「だって……あなたのあとは、もう決まって……」

「それは、銀天麿《ぎんてんまろ》が完璧な銀髪だったからね。あのころは、王にふさわしい髪の色をしてるのは、銀天麿しかいなかった」

起きたはいいが結局ふらつく体を、鳴矢の胸にしがみつくようにして支え、淡雪は顔を上げた。すぐ目の前に、どこか不敵な笑みがある。

「いまなら、俺も条件は同じだ。俺の髪も王の立場に不足のない、真朱色《まそほいろ》になった。それは合議でも証明されてる」

「でも、繁家は、あなたが王を続けると言ったら、反発するでしょう」

「約束が違うって、退位させようとするだろうね。……ただ、七家のうち幾つかは、俺の在位延長に賛成してくれる可能性はある。浮家とか、いま繁家と反目してる玉富家とか」

　天羽家ではなく、七家のほうを動かそうという案だ。鳴矢が王位にあり続ければ、天羽家の目的がどうあれ、「鳴矢王の后」は交代しない限り都に残れる。

　鳴矢の言うように、十年、二十年経ち、里へ戻してもすでに子を産むに適した年齢ではなくなっていれば、さすがに本家も隠れ里送りはあきらめるかもしれないが。

「……在位延長が認められたとして……十年も二十年も、できますか？」

「三実王の、在位十八年の前例があるからね。それこそ繁家は、長期の在位に文句は言えないはずだけど」

　淡雪の背に腕をまわして体を支え、鳴矢は微かに笑った。

「ただ、実際に何年になるかはわからない。……七家には、こう言うつもりでいるんだ。俺の退位の条件は、天羽家が都に戻ってくることだ、って」

「……」

淡雪は静かに息をのむ。

暗がりの中、鳴矢の目がぎらりと光ったように見えた。

「俺が実際にそれを宣言するのは、五年の在位の終わりになると思う。五年のうちに、俺は七家の中で、俺の在位延長に賛成する家を一家でも多く増やせるように根まわしして、それと同時に天羽家を都に戻す道筋を探る。……最終的な目標は、都に八家をそろえて退位することだ」

「……鳴矢……」

涙がこぼれそうになって、淡雪は鳴矢の肩口に顔を押しつける。

「淡雪？」

「……あなたが王になったのは、ただ、一嶺家を出るためだけだったでしょう。それなのに、わたしを帰さないために……」

こんなに重い決断をさせてしまった。

王位への執着など、微塵も持っていない人だというのに。

「たしかに俺は、一嶺家を離れるためだけに王になった。王になって何をするつもりもなく。だから、中継ぎって言われても仕方なかった。本当に。……だけど、これでやっと、王としてやるべきこと、やらなきゃいけないことがわかった」

鳴矢は淡雪の両肩を摑み、そっと体を離して顔を覗きこむ。

「俺は王だから、千和の民がなるべく幸せに暮らせるように努力しないといけない。でも、天羽の里は……特に女人たちは、幸せとは言えない」

「……ええ」

「天羽の里の民も、千和の民だ。だから幸せになれるようにする。俺の、王としての仕事のひとつだ」

穏やかに、淡々と――けれども熾火《おきび》のように熱のこもった口調だった。

ほんの短い眠りのあいだに、鳴矢はもう覚悟を決めていた。

「……わたしは、あなたの后です」

鳴矢の両頰を手で包み、淡雪はその目をじっと見すえる。

「あなたの后で、巫女です。わたしの持つすべてであなたを支え、あなたと千和の民のために祈ります」

「……頼もしいな」

「千和の民すべての幸せのために働くのが王の仕事なら、王の幸せを守るのが、后の務めですから」

強く、そう告げて。

淡雪はそのまま鳴矢の首に腕をまわして抱きしめた。

困難な道を選んでしまった鳴矢を、独りで戦わせないように。

何があろうと、一番そばで力になる。

「……」

耳元で、鳴矢が低く笑った。背中を抱き寄せる手に、力がこめられる。

鳴矢はしばらく無言だったが、やがて淡雪の耳、首筋へと、甘噛《あまが》みし始めた。

「何、しているんです……？」

「うん。……淡雪がうれしいことばっかり言うから、いま、最高に幸せだし、最高に淡雪がかわいい」

「それは、質問の答えになっていません」

「答えたつもりだけど。……最高にかわいい淡雪に、こうやって大胆に迫られても、もうこれまでみたいに我慢しなくてよくなったんだなーって……」

「迫っ……？」

迫ったつもりはない。ないが、そういえば何も身に着けていなかった。お互いに。

淡雪は軽く咳払《せきばら》いして腕を解いたが、鳴矢の手はしっかり腰にまわされている。

「あの、そろそろ休まないと。あ、えっと……ああ、明日。毎月一日は仕事がとても忙しいって、聞いたことが」

「そうそう。役所からの奏上が一番多い日なんだよね……」

「ええ。ですから――」

「そうだ。淡雪を湯殿に連れていこうと思ってたんだ」

言うなり鳴矢が、淡雪を横倒しにして膝に抱え上げた。

「え？　いま？」

「寝る前に汗を流してさっぱりしたくない？」

「それは……したいですけど」

「よし。じゃあ、行こうか。大丈夫、俺が運ぶから」

返事を待たず、鳴矢は淡雪を抱き上げたまま寝台を下りてしまう。淡雪はあわてて落ちないように鳴矢の首にしがみついた。

「あの、ねぇ、汗を流すだけ……よね？」

「……」

「鳴矢っ？」

「淡雪、明るくすると恥ずかしいんだったよね。大丈夫、『火』は出さないから。あ、でも、足元危ないから、少しだけ。ほんとに少し明るくするだけだから、気にしなくていいからね」

「何言っているの、鳴矢。ねぇ、ちょっと……」

湯殿に運ばれる前に眠いふりでもしておけばよかったのだと、淡雪が思いついたのは、だいぶあとのことだった。

冬殿の表側にある階に腰掛け、淡雪はぼんやりと庭を眺めていた。

紫陽花《あじさい》の花はすでに終わりを迎え、いまは池のほとりに月草が点々と咲いている。長雨が明けてから日差しが強さを増し、こうしてじっとしているだけでも汗ばんでくるようだ。天羽の里でも夏はそれなりに暑いと思っていたが、六月に入ったばかりでこれでは、どうやら都の夏はその比ではないらしい。

とはいえ朝のいま時分、まだ散歩に出られないほど暑いというわけではなかった。掃司が室内を掃除中、邪魔にならないように、いつもどおり外に出てはみたものの、寝不足と体のだるさで歩く気になれなかっただけだ。

……でも、ちょっと安心できた気がする。

自分と鳴矢は、きちんと神の前で婚儀をあげた夫婦だ。しかも長年の慣習を破って毎夜逢っているというだけでも、ここ何十年かの王と后の中では、かなり実を伴った夫婦関係だと言えるだろう。

それでも、最後の一線の手前でとどまり続けていた現状は、仕方ないとわかっていても、結局本当の夫婦にはまだなれていないのだと――これから先もなれないのではないかと、やはり心のどこかで不安に思ってしまっていたのだ。

そこへあの理古の話だ。どうにか抑えていた不安が、倍増しになって表に出てきてしまったのは、鳴矢に正確に伝わったと思う。払拭するためには、もはやためらわず一線を越えてもらうしかなかったということも。

「……」

背を丸めて膝を抱え、淡雪は大きく息をついて目を閉じる。

子が、できたのかどうかは、わからない。

わからないが、一線を越えてしまえばむしろ鳴矢が落ち着くかといえば、まったくそうはならないだろう。むしろますます遠慮がなくなるとしか思えない。それは昨夜で身に染みた。

それでもいいのだ。手を出したらどうのと、あんなに躊躇していたのは何だったのかと言いたい気もするが、腹をくくったからこその無遠慮だろうから。……ただし、こちらの体力については、もう少し考慮してもらう必要はあるが。

……大丈夫。子ができても、二人で育てられるわ。

そのために鳴矢は、王の座にあり続けると決意したのだ。夫婦、それから生まれるかもしれない子――家族で一緒にいるために。

「あら、こちらにおいでででしたか」

急に背後から紀緒に声をかけられ、淡雪ははっと顔を上げる。途端に腰のあたりに鈍い痛みが走って、思わず両手で押さえてしまった。

「まぁ、大丈夫ですか？　掃除は終わりましたので、どうぞ中へ。おつらいようでしたら、横になってください」

「……ええ、そうね……」

今朝は普段どおりにしていたつもりだったが、明らかに様子が違って見えたようで、結局紀緒たちに昨夜何があったか勘づかれてしまった。

それでも紀緒はなるべく話題にしないよう気遣ってくれたが、伊古奈の「とっくにそうなっていたと思ってました。まだだったんですか」というひと言と、何かあったらしいが具体的に何があったのかよく理解していなかった沙阿によって、そうなっていたとは何のことかと、追及が始まってしまったため、かなりいたたまれない思いをする破目になっていた。

もとより、身のまわりの世話をしてくれるこの三人には隠しとおせるはずもなかったのだが。

「……ねぇ、紀緒さん」

「はい、何でしょう」

どうぞ中へと言われてもなかなか立ち上がれずにいると、紀緒が階を下りてきた。

「あのね、できれば、その……このこと、香野さんの耳には入れないでほしいの」

淡雪が言うと、紀緒は隣りに腰を下ろし、顔を覗きこんでくる。

「尚侍には知られたくないということですか？」

「香野さんは一嶺家に近い人だから。わたしと王が深い仲になるのを、警戒しているのよ」

「王が毎晩こちらへ通われていることは、尚侍も承知されているのでは？」

「知っていても、それを納得しているかどうかは、また話が別よ」

「……そうですね」

紀緒は少し考える素振りをして、うなずいた。

「わかりました。そこは気をつけておきます」

「お願いね」

天羽の后に肩入れする鳴矢のことを、一嶺家がどう思っているのか、まだわからない。鳴矢と一嶺家の関係は複雑だ。だからこそ、いまは余計な波風は立てないようにしておきたかった。

「そういえば、紀緒さん、昨日のお休み、蔵人頭とお出かけしたんですって？」

「えっ？　誰がそれを……」

紀緒にしては珍しく、激しい動揺を見せている。

「あら、内緒だった？　ごめんなさい、王に聞いたの」

「王ですか……」

苦笑して、紀緒は肩から力を抜いた。

「王には菓子を差し入れていただきましたので、お礼を言わなければいけませんが」

「薬草園に行ったんですって？」

「はい。薬草園と……あと、わたくしの家に」

「えっ？」

見ると、紀緒は顔を赤くしている。

「あの、正式に求婚されまして……お受けしましたら、その足で、両親にあらためてあいさつをしてくださって……」

「まぁ――おめでとう、紀緒さん」

さすが希景だ。仕事が早い。

「やっぱりそういうことになったのね。蔵人頭のほうは、きっと婚約をふりのままですますことはないと思っていたけれど。……ああ、でも、紀緒さんが辞めてしまうのは、さびしいわね」

「いいえ、まだ婚約だけですので。当分は辞めません」

「え？　いいの？」

正式に婚約したのなら、そう間を置かずに結婚かと思ったのだが。

「希景様も、すぐでなくてもいいと言ってくださっていますし……」

紀緒はそこで少し視線を揺らし、うつむいた。

「……あの、繁家の、夏麻姫のことを聞いたのです。典侍としてここへ来られるかもしれないことと……例の、芝原家の方とのことも」

「蔵人頭から？」

夏麻の想い人が芝原悦久かもしれないという見立ては、すでに鳴矢から希景に伝えられているという。希景も、鳴矢の推測に特に異論はなかったそうだ。

「はい。……もし、お話のとおりなら、夏麻姫にとって、わたくしは想い人の許婚だったことになってしまいます。本意ではなくとも」

「……そういえば、そうね」

想い人が結婚したかもしれない相手と、同じ職場で働くということについて、夏麻はどう思うだろう。

「わたくしとしては、夏麻姫におかしな疑いは持たれたくありません。ですから夏麻姫が来られる前に、希景様と正式に婚約しておくほうがいいかもしれないと……そういう気持ちがあったのも、本当です」

それと、と続けて、紀緒は肩をすぼめる。

「わたくしの身分で貴族の方との結婚は、やはり覚悟がいります。希景様も、そこはわかってくださっていて、それで婚約さえすれば結婚までは急がないとおっしゃるのだと思います」

「蔵人頭が確実に跡取りから外れて、豪族になったあとで結婚するほうが、気楽？」

「少しは、そうかもしれません。わたくしの両親も、浮家との縁組みはおそれ多いと言っていましたから。貴族でも豪族でも、相手は同じひとなのですから、おかしな話ですが……」

決まり悪そうな顔をする紀緒に、淡雪は小さく笑った。

「紀緒さんほどの人でも、覚悟がいるのね」

「わたくしなど、掃除くらいしか身についておりません。嫁ぐ支度など何もしてきませんでしたから」

「蔵人頭のほうは、紀緒さんと結婚できるなら、すぐにでも豪族になりそう」

「近いことは言われました。浮家であることが気になるなら、前倒しで、いつ豪族になってもいいと……。もちろん、予定のときまで浮家にいらしてくださいと、お止めしましたけれど」

やはり希景のほうが前のめりで、紀緒はまだ、足踏みしているといったところか。

しかし「ふり」ではなく、正式な婚約に至ったのだから、紀緒の気持ちも、ちゃんと希景に向いているのだろう。

「すぐでないとしても、本当によかったわ。紀緒さんには幸せになってほしいもの」

「……わたくしには、ですか？」

紀緒が、すっと真顔になる。何だか含みのある言い方になってしまったか。

「ええ。紀緒さんには、いつも世話になっているし。……わたしも、いまは結婚しているけど、先々のことはわからないから、せめて身近な人には幸せでいてほしいわ」

「……后は、王が退位されても、ずっとこちらにいらっしゃればいいと思いますよ。お一人くらい、お帰りにならない后がいらしても……」

気遣うように言いながら、紀緒は淡雪の表情に、次第に語尾を小さくする。

淡雪は目を伏せ、ぎこちなく微笑んだ。

「そうね。わたしもそう思っているわ。……王が退位されて、わたしが后でなくなっても、ずっと……」

◇◇　　◇◇　　◇◇

「──いや、出すならまとめて出してくれないと！　今日はそんな余裕ないんだから困るんですよ！」

　真照の険のある声が響き渡り、鳴矢と希景は目を通していた文書から顔を上げた。

「だいたい、こっちは別に今日じゃなくてもいいでしょうが！　肝心なものは持ってこないで――」

「どうかしたか、百鳥の蔵人」

　希景が席を立つと、部屋の入口近くにいた真照が苦虫を嚙《か》み潰したような顔で振り返る。

「大膳職《だいぜんしき》なんですが、ずいぶん先の饗応《きょうおう》の目録なんか持ってきて、肝心の月奏はあとになるって言うんですよ。どっちが急ぎかぐらい、わかるでしょうに」

「あとというのは、いつごろになる？」

　希景は自分の席から伸び上がるようにして、真照の後ろで首をすくめて小さくなっている、浅縹《あさはなだいろ》色の袍《ほう》の若い官人の様子を覗きこんだ。

「昼過ぎ、いえ、あの、もう少しかかるかも……」

「昼過ぎ!?」

　叫んだのは希景ではなく真照だ。若い官人はますます身を縮める。

「――百鳥の蔵人」

　鳴矢は席に着いたまま、落ち着いた口調で声をかけた。

「大膳職は人数が多い。まとめるのも時間がかかるだろう。それより、饗応の目録というのは楓《かえで》ノ院での月見のものか？　持ってきてくれたなら、先に確認したい。その者を通してくれ」

若い官人は部屋の奥に王の姿を見て、驚いたように背筋を伸ばす。希景が中へ入るよう、手振りでうながした。

「構わない。王の御前へ」

「は、はい……」

わざとらしくため息をつく真照の横をおどおどとすり抜けて、若い官人は鳴矢の前に来た。が、何故かあたりを見まわしている。

「どうかしたか？」

「あ、すみません。……あの、こちら、蔵人所で間違いない、ですか？」

「蔵人所だ。間違ってないぞ」

「し、失礼しました。蔵人所に王がおいでになるとは思わなくて……」

「ああ──」

鳴矢は若い官人から文書を受け取りながら、口の端をわずかに引き上げた。

「毎月一日だけだ。いつもは昼殿にいる。一日はどこも忙しいからな。蔵人所と昼殿を行ったり来たりさせるより、私が蔵人所に出向くほうが早い」

「なるほど……」

「ところで、ひとつ確認したい。ここに小豆二十匁《もんめ》とあるが、これで間違いないか？少ない気がするんだが」

「えっ」

若い官人は鳴矢が指した箇所を覗きこみ、うろたえる。すぐに希景がそばに来て、同じように文書を覗いた。

「……おそらく、正しくは二百匁ではないかと。昨年の饗応の記録を読みましたが、それぐらいは必要なはずです」

「かっ……書き直してまいります！」

「ああ、待て。いいから」

鳴矢は真っ青になった若い官人を制し、腰に下げていた刀子を取って金地に烏石と真珠がはめこまれた鞘から外すと、二十匁の十の部分を少し削った。

「こちらで二百に直しておく。念のため、大膳職に戻ったら数を確認してくれ。二百で合っていればそのままでいい。もし二百でなければ、あとで修正の文書を出すように。月奏は今日中の提出であればいいから、あせることはない。ただ、俸給は大事だからな。漏れのないように頼む」

「——は、はい！」

若い官人は一瞬ぽかんと口を開け、あわてて頭を下げる。

「ありがとうございます！」

「うん。御苦労だった」

打って変わった明るい表情で、しかし真照からは顔を背けつつ、若い官人は部屋を出ていった。

何となく様子をうかがっていた蔵人所の面々や、居合わせた他の役所の官人らが、安堵したように各々の仕事に戻っていく。

だが真照は不満を面に表したまま、鳴矢の前に立った。

「若君、今日は何をさておき月奏を集めないと帰れないんです。あんな悠長なことを言ってないで、催促してください」

「――上がっていいぞ、百鳥の蔵人」

「は？」

鳴矢は文書に署名しながら、淡々と告げる。

「今朝からずっと不機嫌で落ち着きがない。その調子では、仕事にも集中できないだろう。それほど早く帰りたいなら、今日は上がれ。もう昼だから構わない」

「……いや、ですが……」

「上がれ」

有無を言わさぬ口調に、真照の顔から血の気が引いた。鳴矢は文書に目を落としたまま、真照のほうを見ようとしない。

立ちつくす真照に、希景が静かに声をかける。

「王の許可が出た。遠慮はいらない。あとは我々でやっておく」

「……」

真照は急に頼りない表情になると、すがるように希景を見たが、希景は無言で首を横に振った。

周囲も微妙な雰囲気になったのを察し、真照は黙って一礼し、足早に退室する。

足音が遠ざかってから、鳴矢はようやく顔を上げた。

「――皆、悪かった。あいつはどうやら、昨日許婚と喧嘩《けんか》したらしい。それでへそを曲げてるんだ。私が手伝うから勘弁してやってくれ」

「何だ、そういうことですか……」

「問題ありませんよ。そもそも百鳥の若造は、もとからこういう仕事は苦手にしてるでしょう」

蔵人所の古参の者たちが、笑いながらそう返す。鳴矢は苦笑し、筆を置いた。

「まぁ、そうだな。乳兄弟だからというだけで、適しているかどうかも考えずここへ入れてしまった私の責任だ」

「それも問題ありませんよ。王と蔵人頭が充分すぎるほど補ってくださってますんでね。おかげで我々は代替わりしてから、月奏の日でも去年よりだいぶ早く帰れてるんですよ。これでも」

「そうそう。だから途中で休憩だってとれますよ。王と蔵人頭も、小腹が空くころでしょう。どうぞ、休んでください」

蔵人たちにうながされ、鳴矢と希景は顔を見合わせる。

「……ひと息入れるか」

「そうですね。喉も渇きました」

「じゃあ、昼殿にいるから、何かあったら呼んでくれ」

鳴矢は席を立ち、蔵人たちに声をかけて、希景とともに部屋を出た。

すると、すぐ外に浅緑色の袍を着た四十歳ほどの、ひょろりと背の高い痩せた男が立っていて、鳴矢へ丁寧に頭を下げる。

うなずいてその横を通りすぎようとして——鳴矢は足を止めた。

振り返り、男をまじまじと見つめる。

「史安《ふみやす》……坂木《さかき》史安か？」

「私を憶えておいでですか」

「やっぱり史安か。久しぶりだな……！　六年、いや七年ぶりか？」

「そうですね。御無沙汰しております」

鳴矢と男の会話に、鳴矢の後ろで立ち止まっていた希景が怪訝な顔をした。

「王、治部大輔《じぶのたいふ》とお知り合いですか」

「ああ、史安は父の乳兄弟だったんだ」

「一嶺大納言の……」

「あ、いや、違う。一嶺公矢じゃなくて、俺の実の父親の」

「……ああ、なるほど」

すぐに鳴矢の出生のことを思い出したようで、希景はひとつうなずく。

「史安は、いま治部大輔なのか」

「はい。五年ほど前から」

「昔会ったときは、玄蕃助《げんばのすけ》だったな」

「あのころは、そうでしたね。音矢《おとや》さまは武官でしたが、私は体を動かすほうは苦手でして、ずっと文官です」

「大輔を務めてるなら、仕事ができるってことだろ。……ああ、蔵人所に用事なんだよな？　引き止めて悪かった」

鳴矢が片手を振ると、史安は懐かしそうに目を細めた。

「いえ。一度お目にかかっただけの私を、憶えてくださっているとは思いませんでしたので、光栄です」

「今日会えたのも、何かの縁だろう。……今日だよな？」

「そうです。六月一日です」

史安の浮かべていた微笑が消え、さびしげな表情になる。

だがそれは一瞬のことで、史安はすぐ笑顔に戻った。

「鳴矢様は本当に御立派になられました。王としても……。音矢様も、きっとお喜びですよ」

「そうだといいな。——じゃあ、また」

「はい。失礼いたします」

史安は再び丁寧に一礼し、蔵人所に入っていく。

鳴矢は階を下り、昼殿に入る門のところまできてから希景を振り返った。

「史安には、昔、一度だけ会ったことがあるんだ。実の父親の話を聞きたくて」

「王のお父君は、たしか馬頭の乱のさいに亡くなられていましたね」

「そう。俺が生まれる前に」

門をくぐり、鳴矢はふっと苦笑する。

「一嶺の家では、誰も話してくれなかったからな。……まぁ、公矢が父親ってことになってたから、おおっぴらに話題にもできなかったんだろうけど」

「それで乳兄弟に？」

「乳母か乳兄弟なら話してくれるんじゃないかと思ってな。乳母はそのときもう亡くなってたから、史安しかいなかった」

昼殿に入ろうとしたところで、隣りにある内侍司の建物から香野が出てきた。虫の居所が悪いのか、欄干を強く叩きながら階を下りてくる。

「……あ、王。今日の仕事は終わりですか」

「いや、まだだ。昼殿で作業の続きをするから、終わるまで入らないように」

「かしこまりましたぁ」

投げやりな口調で返事をして立ち去ろうとした香野を、鳴矢は微かに眉根を寄せて呼び止めた。

「――尚侍」

「え？」

振り向いた香野は、鳴矢以上に眉間を皺めて、困惑を露わにしている。

「百鳥の蔵人は早退させた。何があったのかは聞かないが、忙しい日にあからさまに不機嫌な者がいるのは迷惑だ。外出を許可するから、よく話し合って解決しておけ」

「……っ」

途端に香野は顔を真っ赤にし、何も言わずに踵を返すと門から駆け出していった。

鳴矢は軽く息を吐き、昼殿の階を上り始める。

部屋に入ったところで、希景が珍しく声を出して短く笑った。

「ん？　どうした？」

「それはこちらが言うことです。今日は朝からどうされましたか。ずいぶんいつもと違いますが」

「……違和感あるか？」

「それほどでも。今日の王を鳥丸の典侍が見たら、絶賛するかもしれませんね」

「あー、それなら、少しは王らしい威厳が出せてたかな。肩凝りそうだけど」

首を左右にひねりながら、鳴矢は白湯の水差しと碗をふたつ、持ってくる。希景はもう笑いを引っこめ、呆れ顔になった。

「威厳のある王になるおつもりなら、白湯の支度ぐらい私に命じてください」

「これぐらいやるよ。あ、じゃあ、そこの棚に皿があるから取って。こっちに間食が用意してあるから、分けよう」

「先に白湯の毒見をさせてください。皿に盛るのもやりますから……」

ひとしきり皿や碗の取り合いをして、鳴矢と希景は仕事の机に並べた菓子に、それぞれ手を伸ばした。

「それで、何があって急に威厳のある王になろうと思われたのです？」

楊梅《やまもも》の実を幾つか口にして、希景は鳴矢の表情をうかがう。鳴矢は咀嚼《そしゃく》していた米粉の揚げ菓子を飲みこんで、低い声で言った。

「……二十年、王をやるためには、やっぱり王らしくなったほうがいいかと思って」

「はい？」

「俺が王を二十年続けたら、希景も二十年、蔵人頭か」

「……きちんと説明してもらえますか」

「昨日、例の天羽の里から逃げた女人に会ったんだよ」

鳴矢は菓子を摘《つま》みながら、牧人の店を訪ねたところから後宮に理古を呼んで聞いた話、淡雪を天羽の里に帰さないためのひとつの手段として在位延長を考えたことなどを、かいつまんで希景に語って聞かせた。ただし理古の力については希景にも伏せ、ただ天羽本家の娘だから深い事情も知っていた、ということにしておく。

希景も初めは皿に手を伸ばしていたが、話が花薄の予言や天羽の里の実態に及んだあたりから次第に表情が険しくなり、最後には白湯の碗を置いて、額を押さえた。

「……まさか天羽の里が、そのようなところだとは……」

「逃げたくもなるだろうし、帰したくもなくなるだろ？　まぁ、俺は最初から淡雪を帰す気はなかったけど」

鳴矢は終始淡々と話し、水差しから三杯目の白湯を碗に注いだ。

「希景には、予言の話のほうが興味深いんじゃないのか。神官家以外の姫が神の声を聞いた前例とか、あるのかな」

「たしかに興味はありますし、調べてみたいですが……」

希景は再び碗を手にして、ようやく一杯目の白湯を飲み干す。

「目的があるとはいえ、天羽家はずいぶん独裁的ですね。よくそれで里の民がおとなしく従うものです」

「七十年が長すぎたんだろうな。その暮らしが定着してしまったんだろう」

「后を——お帰しするわけにはいきませんね」

そうつぶやいた希景の声の深刻さに、鳴矢はわずかながら、心が軽くなるのを感じた。話したところで状況が好転するわけでもないが、事態の重さを認識してもらえたというだけでも、ひと筋の光明と思えたのだ。

「……帰せないんだ、絶対に」

鳴矢は希景の碗に、二杯目の白湯を注いでやる。

「帰して理不尽な目に遭わせたくないし、単純に、俺がただの男として、惚れた女を他の誰にも渡したくない」

「それは、わかります」

希景は頭を下げ、碗に口をつけた。

「自分の身に置き換えて考えてみれば、到底受け入れられる話ではありません」

「……っていうことは、昨日、尚掃と進展があったのか」

真面目な顔で問えば、希景は素直にうなずく。

「正式に婚約しました」

「よかったな。おめでとう」

「どうにかして断られないように話を運んだ結果ですので、少々強引だったのは否めませんが。……とにかく、前には進めました」

希景は少しだけ口元を緩めたが、すぐに厳しい表情を取り戻して背筋を伸ばした。

「それより后のことです。里の家族を人質にとられている状態なのでしょう」

「ああ。柏野理古も、都に残るには空蟬姫と同じ方法しかないだろうって言ってた」

「ですが、あとのことを考えるとあまり良策とは言えませんし、直近で同じ手を二度使っては、あちらにあやしまれるでしょうね」

「だから、俺ができるだけ長く王を続けようと思ったんだよ」

楊梅の実を半分かじり、鳴矢は声を低くする。

「五年きりの在位じゃ、天羽家の現状を変えるには時間が足りないかもしれないし、天羽家も淡雪を取り戻して、すぐに子を産む役目をさせたいだろう。……でも、俺の在位が二十年だったら？」

「なるほど。それで私の任期も二十年になるわけですか」

納得した様子で、希景は揚げ菓子を口に入れた。

「前にも申し上げましたが、私の父は、鳴矢王の長期在位を望んでいますので、賛成するでしょう。あとの家には根まわしが必要ですね」

「やっぱり、そうか」

「そのためには、繁銀天磨の王としての資質に瑕疵《かし》があると、証明できればいいわけです」

「資質……」

「現在、銀天磨の内定理由は、王にふさわしい銀髪という、髪の色しかありません。しかしその条件なら、真朱色の髪をお持ちの王にも当てはまります。いままさに王位に就いている実績もある。銀天磨が何らかの理由で王にふさわしくないと見なされれば、おのずと鳴矢王の在位は延長されるでしょう」

「……粗探しをするのか。ちょっと気が引けるが……」

だが、中継ぎの立場を覆すためには、それぐらいやらなくてはならないのかもしれない。鳴矢は眉をくもらせつつも、仕方ないな、とつぶやいた。

「粗探しをしなくとも、もうひとつ手はありますが」

「ん？　どんな」

「小澄家にはかって、神の声を聞くのです。どちらが王にふさわしいのかを」

「それは——」

鳴矢は仰け反るようにして、椅子の背にもたれる。

「……怖い賭けだな。五分五分で、俺が神に却下されるわけだから」

「ええ。しかしこの案は、合議で絶対に出てくるはずです。いえ、すでに出ました」

「出た？」

「思い出してください。王の髪が真朱色に変じたときの、臨時の合議です。私の父が前例を問われ、同じ力の髪の色の二人のどちらを王にするかで意見が割れたときに、神の声を聞いて決められた事例があった話をしました」

「……ああ、たしか、小澄家の占いの結果で決まったって……」

そうだ。あのとき前王の兄である大納言の明道敏樹《としき》が、それなら今回も何かあれば占いの結果次第になるということになるのかと言っていた。そして、その「何か」が何であるのか、とも。

「そうだよ。それ言ったの、浮右大臣だったろ。俺が五年を超える在位を望むなら、何かあれば占い次第の『何か』にあたるって。でもそのときは、俺も五年で退位するつもりだったし、何かなんか起きようもないって……」

「起きましたね。『何か』が」

「あー……」

鳴矢は天を仰いで、息を吐く。

「できれば……神の声で決められるのは避けたい」

「合議で在位延長を満場一致で決定できれば、占いは回避できますよ」

「満場一致は無理だろ。少なくとも繁家は反対するはずだ」

「七家のうち六家が賛成なら、充分ですね」

「五年以内に天羽家を都に戻すのと、俺の在位延長を合議で認めさせるの、どっちができそうだと思う？」

「両方目指しましょう。片方のみの達成を目標にしてしまうと、万が一そちらが頓挫してしまったときに、手遅れになりかねません」

「……そうか。そうだよな」

失敗は許されない。

淡雪を救うためには、あらゆる手段を考え、用意しておかなければ。

「どちらもうまくいかなかった場合でも、まだ空蟬姫と同じ方法が使えないわけではありません。天羽家にあやしまれても、こちらがしらを切りとおせばいいわけですから。もちろん、打つ手がなくなった場合の最後の策ですが」

「……ああ」

「ですから、あまり思いつめないでください。王も、后も」

落ち着いたその口調に、鳴矢は希景に視線を戻す。希景はいつもと変わらぬ冷静な様子で、鳴矢を見ていた。

「今日は目が赤いです。昨夜はあまりお休みになっておられないのでしょう」

「……」

見抜かれていたようだ。

「まず王には、御自身で決められた、王らしくあるという姿勢を貫いていただかなければいけません。そのためには眠れないほど考えこまれては困ります。及ばずながら私もできる限りの協力はしますので、どうか御身は大切に。よろしいですね?」

真顔で言い聞かせる希景に、鳴矢はぽかりと口を半開きにし——お辞儀をするかのようにうなだれる。額が机にぶつかった。

「王?」

「……いや。ありがたいなーと思って……」

「何ですか、いったい」

「寝不足にはならないように気をつけるよ」

「そうしてください」

机に顔を伏せたまま、鳴矢は声には出さず、ごめん、とつぶやく。

たしかに今日は寝不足だが、ひと晩ずっと考えこんでいたわけではない。しかし、寝不足の理由の半分については、さすがに希景には話せなかった。


休憩後は一度蔵人所に戻ったものの、未《ひつじ》の刻を過ぎたころには月奏もほぼ終わったため、鳴矢だけは昼殿で細々した仕事を片付けることになった。

真照を帰してしまったので一人で作業していると、しばらくして希景が、浅緑色の袍の官人を伴って部屋に入ってきた。

「……史安？」

先ほど蔵人所の前で別れたはずの、史安だった。

史安は希景の後ろからひょっこり顔を出し、微苦笑を浮かべて一礼する。

「すみません。まだ昼殿においでになると、蔵人頭に伺いまして……」

「治部大輔が、王にお渡ししたいものがあるということでしたので」

希景にうながされて前に出た史安は、平たい布包みを手にしていた。

「渡したいもの？」

「はい。鳴矢様に今日という日にお目にかかれましたのも、音矢様のお導きかもしれないと思いまして、いったん帰宅し、取ってまいりました。……これを」

史安は鳴矢の机に、布包みから出した紙の束を置く。紐でとじられた紙束の最初の一枚には、「左近記」と記されていた。

首を傾げる鳴矢に、史安は静かに告げる。

「私の日記の抜き書きです。音矢様に関する事項を抜粋しました。音矢様は御生前に左近の少将をお務めでしたので、『左近記』と名付けてあります」

「史安が書いた日記か」

「はい。……と申しましても、私も日記など書き始めたのは元服後でして、そこから音矢様が亡くなられるまでのものですので、ほんの二年足らずの抜き書きです」

史安は微笑の中に、先ほども見た、さびしげな表情を含ませた。

「音矢様御自身には日記をつける習慣はございませんでしたので、私がお渡しできる音矢様に関わる記録は、これだけなのですが」

「……抜き書きってことは、わざわざ自分の日記から書き写してくれたのか」

「これを作りましたのは、実は六年前です」

史安の言葉に、鳴矢は目を見開く。史安は小さくうなずいた。

「鳴矢様に、音矢様のことを尋ねられて……私はあのとき、鳴矢様がお知りになりたいことは、すべてお話ししたつもりでした。しかしその後、鳴矢様が家を出られたと聞きまして」

「……馬頭に行こうと思ったんだ」

「はい。私はそれで、実は鳴矢様が本当にお知りになりたかったことには、答えられていなかったのだと気づきました。……ですが、音矢様と一緒に馬頭へ行けなかった私にも、確かなことは言えないのです」

史安は己の右手で、左腕をきつく握りしめていた。

「いまでも後悔しています。苦手だなどと言わず武官になっていれば、音矢様についていけた。いや、馬には乗れるのです。よく音矢様と一緒に遠乗りをしました。音矢様のお供で石途にまでも行ったことがある。文官でも構わず志願して、音矢様についていくべきだったのです。そうすれば、せめて身代わりぐらいには——」

「史安」

椅子を蹴るようにして席を立ち、机をまわりこむと、鳴矢は史安の肩に手を置く。

「おまえの知ってる親父は、そんなことを望むやつだったか？」

「……」

「少なくとも、おまえを巻きこまずにすんだことだけは、よかったと思ってるはずだ。……最悪、二人とも馬頭から帰れなかった可能性もあったんだから」

史安の相貌に、激しいものが浮かんだ。

もしかしたら史安も勘づいていたのかもしれないと、鳴矢は思う。音矢は騒乱の中で不運にも犠牲になったのではなく、騒乱を利用した何者かによって、意図的に命を奪われたのだということに。

「その場合、俺は本当に、誰からも親父の話を聞けなかった。……おまえがいてくれてよかったよ、史安」

「……鳴矢様」

「抜き書き、ありがとう。もらっていいんだよな?」

「鳴矢様のために写したものです。どうぞお納めください」

史安は落ち着きを取り戻したようだった。鳴矢はうなずいて、椅子に座り直す。

「ところで——史安、いま親父と一緒に石途へ行ったって言わなかったか?」

「はい。言いました」

「石途って、石途国だよな?」

「そうです。北の石途国です」

目を細め、史安は何度も首を縦に振る。

「遠乗りにしても遠すぎないか? それはもう旅だろう」

「ただの遠乗りではありませんね、さすがに」

史安は初めて、声を上げて笑った。

「音矢様のおばあ様の乳姉妹が石途の豪族に嫁いでいまして、たびたび文のやり取りがあったのですが、その乳姉妹が具合を悪くしたというので、音矢様が、自分が薬を届けると手を挙げられたのです。もちろん本来でしたら、使いを立てればいいだけのことですが、任官後ではそうそう都から出られないだろうからと……つまり音矢様は届け物を口実に、遠出をしたかったのです。それで私が供を」

「任官前だったのか」

「元服してすぐのことでしたが、任官までには少し間がありましたので」

　そう言いながら、史安は「左近記」を指さす。

「そのことも日記の初めのほうにありますので、よろしければあとでお読みください」

「ああ、元服後だから書いてたのか」

「はい。長旅は大変でしたが、いまでは良い思い出です。そのとき石途国まで行った経験が、監送使《かんそうし》のお役目にも活《い》きました」

「……監送使？」

　鳴矢は日記をめくろうとしていた手を止め、史安を見上げた。

「監送使って、あの……后を迎えにいく役人たちだよな？」

　王の代替わり後、天羽の里から新たな后を迎えるにあたって、二十人ほどの使者が立てられる。それが監送使だ。常にある役目ではないので、代替わりのさいに官人の中から臨時で招集されるのだが、選ばれるのは、馬に乗れる、馬車や牛車を操れるなど、幾つかの条件に適《かな》った者だった。

　監送使たちは新しい王が即位すると、天羽の里に先触れを出した後、小澄、波瀬の両神官家の巫女一人ずつを乗せた馬車とともに、騎馬と徒歩で石途国へ向かう。

　天羽の里では先触れによって代替わりを認知し、新たな后を選んで監送使の到着を待ち、里を出た藍沼で新たな后を監送使に引き渡すのだ。后は巫女たちと同じ馬車に乗せられ、監送使たちの護衛のもと都へと送られる。

「はい。私は馬に乗れるということで選ばれまして、これまでに四回、監送使を務めております。当代の后もお迎えに上がりましたよ」

「淡……后もか」

「はい。当代の后は、それまでのどの后よりも安定しておいででしたので、こちらは助かりましたね」

「……安定？」

　おかしな言い方をすると思ったが、史安は特に変わったことを口にしたふうもなく、穏やかに笑んでいた。

「天羽の里を出られたばかりの后は、何と申しますか……心が不安定になるようなのです。ぼんやりしていたかと思えば、急にはしゃいだり、時には涙を流したり……。

ですが、十日ほどの旅のあいだには次第に落ち着いてこられて、穂浦国《ほうらのくに》に入るころになると、それぞれの性質のとおりのふるまいをなさるようになります」

「みんなそうなのか？」

「四回のうち三回は同じようなものでした。当代の后だけ、初めから落ち着いておいででしたね。不慣れな旅にも愚痴ひとつおっしゃらず、道の悪いところなど私どもを気遣ってくださることもありました」

「へぇ……」

淡雪らしい——という言葉は、飲みこむ。

「今回は川越えに難儀した箇所がありまして、そのせいで日程が少し遅れてしまい、最後の最後で馬と車の乗り継ぎがうまくいかず、馬が二頭しか都合できなかったのですが、神官家の巫女たちのほうが文句ばかりでしたので、后が巫女たちに馬を譲られて、御自身は私どもと一緒に夜道を歩いてくださいました。あのときは皆、新しい后に感心したものです。……后は、お元気でしょうか？」

「ああ。後宮でも落ち着いてすごしている。……と聞いている」

「そうですか。お健やかでしたら何よりです」

史安は安堵の表情で胸に手を当てた。

「今回は穏やかな后のおかげで、音矢様との旅を振り返る余裕もありました。いつかお役目とは別に、また石途へ旅をしたいものです」

「……親父もきっと、史安との旅は楽しかったと思うよ」

乳兄弟とともに行った北への旅。乳兄弟のいなかった南への旅。

いまわの際、音矢も史安との旅を思い出す瞬間があったのではないかと——そんな気がしていた。

微笑を浮かべていた史安が、ふと真顔になる。

「本当は、この日記を鳴矢様にお渡しするつもりはありませんでした」

「え？」

「たしかにこれは、鳴矢様のために写しました。しかし鳴矢様が家出から戻られたと人づてに聞いて……もし鳴矢様が馬頭へ行かれて、それで心の整理をつけてこられたのなら、私の日記はかえってお心を乱すものになるかもしれないと、思い直したのです。何より鳴矢様は、公矢さまのお子として、一嶺家を継がれる方でしたので……」

「……」

「ですが鳴矢様は先ほど、音矢様を父と呼ばれました。私のことを、父の乳兄弟と。……鳴矢様が、音矢様を父と思ってくださっているのなら、日記をお渡ししてもよいのかもしれないと思ったのです」

史安は一歩後ろに下がり、深々と頭を下げた。

「ありがとうございます。ようやくひとつ、音矢様のためになることができました」

「史安――」

「長々とお邪魔して、申し訳ございませんでした。……今度こそ失礼いたします」

涙声で告げ、史安は鳴矢の次の言葉を待たずに部屋を出ていく。

その後ろ姿を見送り、それまでずっと入口近くで黙って控えていた希景が、鳴矢を振り返った。

「王。ひとつお伺いしてもよろしいですか」

「いいよ。ひとつでも幾つでも」

「今日は、王と治部大輔にとって、何か意味のある日なのですか」

「……ああ」

鳴矢は史安から託された日記を、丁寧に布に包み直す。

「今日は――父の命日なんだ」

◇　◇　◇

月で一番忙しい日だとは承知していたので、冬殿へ来るとしても、いつもより遅くなるだろうということも、わかっていた。

わかっていても、実際なかなか鳴矢が現れないのに焦《じ》れて、淡雪はうろうろ部屋の中を歩きまわっていた。

いっそ外へ出て待とうかとも思ったが、最近それをやって、蚊だの蛾《が》だのにまとわりつかれて大あわてしたので、我慢して室内で待つようにしている。都の夏は暑いというだけではないのだと、学びつつあった。

天羽の里の夏は都よりずっと涼しかったらしい。だからといって、戻る気は微塵もないが。

部屋の中を十何往復かしたところで、小鳥の鳴矢が目の前をよぎった。はっとして扉を振り返ると、あたりが急に明るくなって、『火』を従えた鳴矢が入ってくる。

「……あ」

引き寄せられるようにそちらへ一歩踏み出すと、鳴矢は何故か目を見開き、そして視線を下げた。

「あ……ごめん、遅くなった」

「いえ。忙しかったんですよね？」

「まぁ、いつもどおりぐらいには。でも、今日のぶんは終わったから」

言いながら鳴矢は足早に寝台まで歩き、腰を下ろす。淡雪もすぐにそのあとを追って、寄り添うように並んで座った。

「仕事のほうはいつもどおりだったけど、今日はちょっと予想外のことがあって……淡雪は、こっち『見て』なかった？」

「あ、今日は……寝不足でしたので、しっかり昼寝してしまって、何も」

「……ああ、うん、そうだよね」

落ち着かない様子で首の後ろを掻いて、鳴矢は斜め上の何もない空を見上げる。

「蔵人所にいたときに、たまたま治部大輔の坂木史安っていう官人が来たんだけど、実はその史安っていうのが、俺の親父の乳兄弟で――」

鳴矢はそれから、坂木史安との邂逅《かいこう》について丁寧に語った。

話のあいだ、天井付近に漂っている鳴矢の『火』のまわりを、小鳥の鳴矢が飛びまわる。

「……っていうことがあったんだけど、淡雪は史安のこと憶えてる？」

話し終えても、鳴矢の視線は斜め上を向いていた。

「それぞれの自己紹介などがあったわけではありませんから、監送使の方々のお名前はわかりませんが……」

淡雪は小さく首を傾けて鳴矢の横顔をうかがいつつ、口を開く。

「四十歳くらいの、細身で背の高い方はいたと思います。たしか、その方が休憩場所などを指示しておられたので、道をよく知っているのだろうと思いました」

「ああ、じゃあ、それが史安だったんだろうな」

「わたしを里の外まで送った天羽家の人たちが、ずいぶんと横柄な態度だったので、監送使の方々も気を悪くされて、初めはわたしにも少し当たりがきつかったですけれど、石途を出るころには、もう皆さん親切にしてくださいましたよ。都の手前で神官家の使者と交代になったときは、夜中でしたし、時間もないと急かされてしまって、きちんとお礼も言えなかったのが心残りでした」

里から都へのあの行程の中で、こちらが礼儀をもって接すれば、相手もそれなりの態度を返してくれるのだと――天羽の里の者だからといって、ことさらに冷遇されるとは限らないのだと知れたのは、ありがたかった。

出立前に天羽家から、都の者は信用ならないとさんざん聞かされた、それを鵜呑《うの》みにしていたら、道中ずっと、いらぬ警戒をしてしまっていただろう。

実際は、天羽家こそ信用ならないことは『目』で得た情報でよく知っていたので、監送使たちに冷静に対応できたのだが。

「それで、その日記、もう読まれたんですか？」

「さっき初めのほうを少し読んでみたけど、元服のことから結構細かく書いてあって、それなりに時間かかりそうだったから、やめておいた。さすがに申の刻過ぎまで仕事してたし、今日はもう文字は見たくない」

鳴矢は笑って、額をさすった。

「お疲れですよね。わたしだけ昼寝してしまって、何だか申し訳ないです」

「いやいや、淡雪がちゃんと休んでくれててよかった。……昨夜は、無理させたし」

ぼそぼそと語尾をすぼませた鳴矢は、先ほどから微妙に視線をずらしている。

おかしいのだ。

会話はずっと続いているのに、鳴矢はこちらを向こうとしない。

淡雪のほうは鳴矢の顔を見ているので、意図的に目を合わせないようにされているとしか思えなかった。

ほんの少し体を傾け、鳴矢の腕に重みをかけてみると、ぴくりと肩が揺れた振動が伝わってくる。

「途中までは、疲れはしましたが、無理させられたとは思っていません。……ただ、最後の湯殿で追い打ちをかけられた気がします」

「う。……ごめん。調子に乗った」

「謝らなくてもいいです。でも、さっきからずっと目を逸《そ》らしている理由は、教えてほしいですね」

「……」

鳴矢の横顔が、明らかに強張った。やはり意図的だったのだ。

淡雪は下から仰ぐようにして、鳴矢の顔を覗きこむ。

「もしかして、後悔していますか」

「……へ？」

「わたしに手を出したこと、今日になって怖くなりました？」

「ない！」

ぎょっとした表情の鳴矢と、ようやく目が合った。

「怖くなんかなってないし、後悔もしてない！　それはない、絶対！」

「それなら、どうして」

「や、その……」

妙に固い動きで、鳴矢はまたしても強引に視線を外す。

「昨夜はすごく疲れさせたし、昼寝しても寝不足だろうし」

「し？」

「今夜は、おとなしくしないといけないと思って」

「……」

目が合ったらおとなしくできないということだろうか。

もっと遠慮がなくなるかと思っていたのに。

淡雪は軽く息をつくと、寝台に上がり、鳴矢の背後にまわりこんだ。そして黙って鳴矢の体に腕をまわす。

「え、淡雪?」

「目を合わさなければいいんでしょう? これなら目は合いませんよ」

「それはそうだけど……」

鳴矢の途惑う気配をよそに、淡雪は鳴矢の背中にぴったりとくっつくと、赤く長い髪を払いのけ、首筋に頰をすり寄せながら緩い力で抱きしめた。

長雨の時季を過ぎて薄くなった夜着の生地が、肌のぬくもりを容赦なく伝える。

「あの、淡雪、それは……」

「目が合っていないんですから、おとなしくしていられますよね?」

「……もしかして淡雪、怒ってる?」

「いいえ? ちっとも」

すました口調で返事をしながら、淡雪はなおも、鳴矢の広い背にもたれかかった。

肩から背中にかけての硬い肉が引きつるように動くのが、布越しにわかる。

「いや、怒ってる……ような気がするんだけど……」

「怒ってなんかいませんよ。まさか昨日の今日で、触れてくれないどころか目も合わせてもらえないなんて、思わなかっただけで」

「……やっぱり怒ってる……」

ああ、もう——と叫ぶやいなや、鳴矢が身をひるがえして寝台に飛び乗ってきて、淡雪はあっというまに組み敷かれた。

ようやく互いの顔に視線が定まってから、淡雪が唇を尖《とが》らせる。

「……後悔していないなら、わたしの目くらい、ちゃんと見てください」

「ごめん。……ただ、見るたびに淡雪がかわいくなっていくから……」

「はい？」

いま、かなり不機嫌な顔つきをしてみせたはずだが。

「いや、今朝見た寝起きの淡雪、ものすごくきれいだったたし、いまも、そのすねた顔だって本っ当にかわいいし」

「あの、鳴矢……」

「仕事してるあいだは平気だったんだよ。王らしく、やるべきことをやろうって集中して。だから今夜は淡雪に逢ってももっと余裕もっていられると思った。……のに、淡雪見たら、愛《いと》おしくてしょうがない」

「……」

「歯止めかけてたんだよ、自分に。……また寝不足は困るだろ」

いつのまにか『火』が消えていて、鳴矢の表情が見えづらくなっていた。

それでも暗がりに目が慣れてくれば、輪郭はわかる。淡雪は鳴矢の頬に両手で触れてから、首に腕をまわした。鳴矢が微かに息をのむ。

「あいにく、わたしは困らないんです。昼寝ができますから。寝不足になって困るのは、あなただけですね」

「……どうするかは俺次第って言ってる？」

「ええ。わたし、ずるいでしょう」

できるだけ意地悪く見えるように笑ってみせると、鳴矢は小さく吹き出した。

「うん、ずるい。……けど、正直、今夜は甘えたかった」

「え？」

「先に言っておく。今日、親父の命日なんだ」

思わず起き上がろうとしたが、鳴矢が頭を振ってそれを止める。

「命日だからって毎年何もしてないから、それはいいんだ。……ただ、家出して馬頭に行って以来、俺、命日の夜は何か悪い夢を見るみたいで、寝起きが最悪なんだよ。たぶん馬頭から連れてきた親父の『火』が、命日で騒いでるんだと思うけど」

「……どんな夢なんですか？」

「朝起きても憶えてないんだ。だからわからない。ものすごく苦しくなって目が覚めるから、たぶん悪い夢を見てるんだろうって思うだけで……」

語る鳴矢の顔が近づいてきて、額に唇が触れた。

「……今夜、俺がうなされてても心配しないでいいから。年に一回だけのことだし、大丈夫。気になるようだったら、叩き起こしてやって」

そんな夜に、おとなしくしようなどと思っていたのか。鳴矢の気遣うような微笑がかえって腹立たしくて、淡雪はまたも不機嫌に眉根を寄せる。

「気が変わりました。今夜はわたし次第にします」

「ん？」

「悪い夢を見る暇なんてあげません。今夜は寝かせませんから」

「……え？　そういうことになったの？」

「そういうことになったんです」

鳴矢の首をぐいぐいと引き寄せ、淡雪はぶつかるように口づける。

声を立てて短く笑い、鳴矢は一瞬だけせつなげに目を細め――淡雪の背を強くかき抱いた。


草を踏む足音が聞こえていた。ひとつは自分の足元から。もうひとつは背後から。

さっきまで人々の争う声や音のほうがうるさかったが、この木立の中では、それらは遠くなっていた。

──本当にこんなところにいたのか？

これはどうやら、自分の口から発せられた声のようだ。低く、耳なじみのいい声。

──この先です。間違いありません。

確信を持った口調で背後から言われたが、周囲に人の気配はない。

立ち止まると、背後の足音も止まった。

──やっぱり鎧《よろい》は着てきたほうがよかったんじゃないか。子供をおとりに使って、賊が待ち伏せているのかもしれない。

──いえ、そういうのではありませんでした。本当に子供が一人で、烏ノ原《うのはら》の西側にある家に帰りたいのにあの乱のせいで帰れないと、泣いていたんです。ただ、鎧姿にひどくおびえられてしまって。女の子でしたので、兵士の格好が怖いのでしょう。

──まぁ、急にあの騒ぎだからな。本当に子供がまぎれこんでしまっているなら、保護しないといけないが……。

ぐるりと見まわしても、誰もいない。どこかに隠れているのか。

──達良《たつら》。一度陣に戻って、報告しないか。

そう言って振り返ろうとした、そのとき。

どん、と後ろから押されたかのような衝撃を身に感じた。

視線を下に向ける。

矢が。

自分の胸を貫いていた。

胸から突き出た鏃《やじり》をまじまじと見つめ、それから、ゆっくりと首をめぐらせる。

弓を手にし、いままさに矢を放った姿の男が、緊張の面持ちでこちらを見ていた。

——達良。

——すみません。こんなところに子供なんかいませんよ。

急激に頭の芯が冷えていく。

世界が薄くなっていく。

目の表面は弓を片手に立ちつくす男を映していたが、瞳の奥ではこれまでに見た様々な場面が、浮かんでは消えていた。

最後に愛しい女の面影を見たとき、膝が折れ、地面に叩きつけられる。傍らの大木の硬い根が、頬を打った。

視界にとらえられたのは、草むらに投げ出された自分の右手だけ。

苦しい。息苦しい。

——本当にすみません。おれはあんたに何の恨みもないんです。ただ、命令されただけなんです。あんたが邪魔だから遠くで消せって。
言い訳じみた言葉が聞こえたが、聞きたいのはこの声ではない。
――あんたも余計なこと言い出さなきゃよかったんですよ。いまさら天羽家なんか
どうだっていいでしょうに。
苦しい。寒い。ここはどこだ。
自分の意思とは関係なく、指先が微かに動いていた。
草を踏む足音が駆け去る。
苦しい。暗い。
駄目だ。帰らなければいけない。帰って、幸せにしなければいけない人がいる。
どうか、どうか、どうか――

「……っは――」

大きく身震いした刹那、淡雪は目を開けた。

息ができる。耳の奥に鼓動ががんがん響いていたが、ちゃんと呼吸はできていた。

はっとして頭を起こすと、すぐ横で仰向《あおむ》けになっていた鳴矢が大きく目を見開き、
片手で額を押さえながら、荒い息をついている。

「鳴矢……！」

大きく上下する胸に手を置いて顔を覗きこむと、鳴矢は呆然《ぼうぜん》と淡雪に視線を向けた。

「……あ、わ、ゆき……？」

「大丈夫です。わたし、ここにいます」

「あ……」

強張っていた鳴矢の体が、一気に弛緩《しかん》する。

腕にまとわりつく夜着を振り捨てて、淡雪は鳴矢の頭を胸に抱えこんだ。

「ごめんなさい。苦しかったですよね。寝かさないつもりだったのに、いつのまにか眠ってしまって」

「いや……。何か、いつもより、息苦しさが、ましだった……」

「これでも？」

「だいぶ違う……。起きていようとして、結局寝ちゃうのは、毎年同じだけど……」

呼吸を整えつつ、鳴矢はゆっくりと身を起こす。淡雪も一緒に起き上がり、自分の夜着を拾って鳴矢の全身に浮いた汗を拭った。

「起きて平気なんです？」

「大丈夫。……頭も痛くないな、今年は」

これでましなほうなら、いつもはどんなにひどい目覚めなのか。

鳴矢の背をさすっていると、遠くで鐘の音が聞こえた。まだ丑《うし》の刻だったようだ。

「……」

ぼさぼさになった髪を掻き上げて、鳴矢は淡雪に目を向ける。その表情は途惑いと驚きが入りまじったものだった。

「鳴矢？」

「どんな夢か、わかった。……矢で射られて、殺される夢だった」

「ええ。でも、ひどいです。後ろから射るなんて」

「え？」

「えっ？　……え、どうして、わたし」

淡雪は何度も瞬きをして、両手で頭を押さえる。

目覚める直前、たしかに自分も夢を見ていた。背後から射殺される夢だった。

「まさか、同じ夢……？」

「淡雪も夢を見てたの？　この夢？　森みたいな場所で、子供を保護するって、でも子供なんかいないって」

「はい。あれではだまし討ちです。鎧を着てきたほうがよかったと言っていたのに」

「……親父だ」

「え？」

「親父だ。後ろの男が烏ノ原って言ってただろ。親父は馬頭の乱のときに、森の中で誰かに射殺された。鎧も着てない状態で、後ろから」

「……あっ」

一嶺音矢の死に様については、以前、鳴矢から聞かされている。鳴矢が実際に馬頭国へ行き、騒乱のあった烏ノ原で、埋葬に関わった現地の者に知らされたその話と、いま夢で見た光景は、たしかに酷似していた。

「親父の目で見た、最期の景色だったのか、あれは……」

鳴矢はのろのろと右手を上げた。手のひらに『火』が点る。

鳴矢のものとは違う、くすんだ色の『火』。それは以前に見たときよりもさらに色が濁り、放つ明かりも弱々しくなっているようだった。

「……ずっと、毎年、命日にこれを見せようとしてたんだな」

つぶやいて、鳴矢は音矢の『火』を消す。

淡雪は寝台の端で丸まっていた夜着を引き寄せ、鳴矢の肩に着せかけた。

「お父君の苦しさが伝わって、ひどい寝覚めになってしまっていたんですね」

「そうなんだろうな。それなのに肝心の夢は憶えてないって――」

苦笑し、だが鳴矢はふと真顔になって、淡雪を見る。

「……淡雪がいないと、だめだったのかな」

「えっ？」

「いや、何か、そう思って……。俺独りじゃ、ちゃんと夢を受け取れなかったのかもしれない。どうしてかわからないけど、淡雪も同じ夢を見てるし」

「……『術合《わざあい》』？」

「え、何？」

「里にいたとき、巫女の仕事のひとつとして、古語で書かれた昔の文献を新しい紙に書き写す作業があったんです。そこに載っていた昔話の中に『術合』があって……」

昔々ある村で、神々を祀る社が強風で倒れかけた大木に潰されそうになっていた。風天力を持つ者たちが風を押し戻して大木が倒れないようにしていたが、押し負けていよいよ社が危なくなったそのとき、とても仲の良い兄弟が手を取り合って風天力を使うと、それは二人ぶん以上の力となり、社を守り切った、という故事だった。

「心が強く結び合った同士で力を使うと、大きなひとつの力として作用する、それが『術合』なのだと、書いてありました。……古い文書には、あまり知られていない、いろいろな『術』のことが書かれていたので、面白かったです」

「へぇ、『術合』か……」

「二人で同じ夢を見たことが『術合』に当たるのかは、もちろんわかりません。寝ていただけで、何か力を使った覚えもありませんし。でも……」

「そうだな。淡雪がそばにいたから、何かが作用したんだと思う。心も体も強く結び合った同士ってところは、そのとおりだし」

「わたし、体とは言っていませんが」

「そうだっけ？」

空々しくとぼけてみせたその顔は、いつもの鳴矢で、淡雪はようやく安堵する。

だが、心身とも落ち着いたところで、どうしても確かめなければいけないことが、まだ残っていた。

「……あの、鳴矢」

「ん？」

「夢の中で、お父君と、後ろの男が話していたこと……憶えていますか」

「憶えてるよ、ちゃんと」

今度は鳴矢が膝の上で皺くちゃになっていた夜着を広げ、淡雪に羽織らせる。

「では、後ろの男が、最後に言ったことも……」

——あんたも余計なこと言い出さなきゃよかったんですよ。いまさら天羽家なんかどうだっていいでしょうに。

「親父も、天羽家のこと、どうにかしようとしてたんだな」

「どうして……」

「そこは史安の日記を読めば、手がかりがあるかもしれないな。親父は石途に行ったことがあるっていうから、そのときに何かあったとか」

淡雪の寝乱れた髪を手櫛で梳きながら、鳴矢は静かに言った。

「ですが、あの話しぶりでは、お父君はそのせいで……」

「うん。よっぽど天羽家に帰ってきてほしくないやつがいるらしい」

それを阻むためなら、人を殺《あや》めても構わないというほどの——

淡雪は思わず、鳴矢の胸にしがみつく。

期せずして同じことをしようとしているのだ。父と子が。

「鳴矢、これは……」

「大丈夫。俺は、親父の警告を無駄にはしない」

強く言い切って、鳴矢は淡雪を抱きしめた。

警告。……そうだ、この夢は警告だったのだ。己の『火』を通じて、父親が、その存在すら知らないままに、息子へと危険を知らせてくれた。

「親父の警告は活かして、俺は俺のやり方で、天羽家を都へ戻す」

「……お父君は、危ないことはするなとおっしゃっているのでは？」

「言わないな。それはわかる。俺の親父だから」

止めても聞かない血筋なのか。淡雪は鳴矢の胸に頰を押し当てながら、苦笑する。

「親父なら、俺がやれなかったことを今度こそうまくやれって言うよ。だから形見の『火』を残してくれた。毎年悪夢に苦しんだかいがあったな」

淡雪の背をやさしく叩き、鳴矢は耳元に唇を寄せた。

「大事な警告だ。淡雪にまで苦しい思いをさせて悪かったけど、二人で同じ夢を見たなら、気づけることも二人ぶんある。……淡雪、あの夢で何か気づいた？」

「はい」

会話の内容以外で、最も気になったことがある。淡雪は目を上げた。

「後ろにいた、あの男です。よく似た人を知っています」

「実は俺もどこかで見た気がするんだけど、思い出せない。誰だった？」

「静樹王の恋人の、砂子敦良という人です」

「……ああ！」

鳴矢は天を仰いで、ひと声叫んだ。

「梅ノ院にいた、あの庭師か……！　遠目で見ただけだったから、わからなかった」

「わたしはあなたが訪ねたときと、三実王の館の前にいたときの二度、『目』で間近に見ています。あの人にそっくりでした。ただ、砂子敦良のほうには、ここに切り傷がありましたけど、夢の男にはなかったと思います」

淡雪は自分の左眉を指さして、傷痕の場所を示す。

「似てたとしても、夢の男は敦良じゃないはずだ。あいつ、何歳ぐらいに見えた？」

「夢の中の男は、二十……いえ、もう少し上くらいでしょうか。二十二、三歳に見えました。砂子敦良は、若く見ても三十半ばくらいだと思います」

「馬頭の乱があったのは十九年前だ。敦良がいま三十五だとしても、遠征に参加する年じゃない。夢の男が当時二十二、三なら、いまは四十を過ぎたぐらいのはずだ」

つまり夢の男は、砂子敦良より何歳か上ということだ。

「それに、親父が呼んでた名前……敦良だった？」

「名前もよく似ていましたが、たつら、と聞こえました」

「俺も、そう聞こえた。顔も名前も似てて、敦良より幾つか年上――」

鳴矢が淡雪を見る。淡雪も鳴矢を見上げていた。

「……和可さんが話してくれましたね」

「尚兵も教えてくれたな」

「静樹王は、恋人の、砂子敦良の兄を殺した下手人を捜していて……」

「その砂子敦良の兄は二十年ぐらい前に、闇討ちみたいに殺された」

「砂子敦良は、十九年前の……瑞光平明元年の記録を、調べていました」

「瑞光平明元年は、親父が殺された年でもある」

「たつら、というのは……」

「たぶん砂子敦良の兄だ。……誰かの命令で親父を殺して、口封じに自分も殺されたんだろう」

「……」

淡雪は大きく息を吐き、目を伏せる。

何の恨みもないと言って淡々と人を殺めたそのとき、あの男は、己も簡単に捨てられる、誰かの手駒にすぎないことを、きちんと理解していたのだろうか。

鳴矢に背中をさすられて、淡雪は再び目を開けた。

「静樹王は、下手人を貴族だと思っているのですよね」

「砂子家の者に殺しの命令ができるなんて、貴族じゃないと無理だろうな」

「空蟬姫を使って、三実王の館まで探っていましたけれど」

「三実王を下手人だと思って探ってたのか、順番に調べてる中で、たまたま三実王の館を探ってるところを淡雪が見てたのか、どっちなのか……」

眉間を皺め、考えこむ素振りをしながらも、鳴矢は淡雪を腕の中に抱え直し、額に口づけてくる。

先ほどから続く会話の中身は極めて物騒だが、悪夢の影響は、もうすっかり消えたようだ。胸から耳に伝わる鼓動も落ち着いている。

「今日もらったという日記で、何かわかるでしょうか」

「まず読んでみないとな。……あと、一度会ってみるか」

「え？」

「砂子敦良。居場所はわかってるし、案外、本人から聞くほうが早いかもしれない」

自分の言葉に自分で納得したようにうなずいて、鳴矢は淡雪の顔を覗きこんだ。

「ありがとう。今夜、淡雪が一緒にいてくれてよかった」

「……わたしも、あんなに苦しい思いを、あなただけにさせなくて、よかったです」

「あの夢に淡雪を巻きこんだのは誤算だったけど……」

「起きても夢を憶えていられたんですから、よしとしましょう」

手を伸ばし、淡雪は鳴矢の前髪を掻き上げる。

鳴矢はにっと笑い、淡雪の肩からさっき自ら着せかけたはずの夜着を、すべり落とした。

「夜明けまで、まだ時間があるな」

「ええ。ここからは夢は見ないでしょうから、少し休んで……」

「あれ？　今夜は寝かさないんじゃなかった？」

「……終わりです！　もう無理です！」

これ以上の寝不足は体に悪い、眠れるときに寝るべきだと必死に意見する淡雪に、鳴矢は楽しげに声を上げて笑いながら、抗《あらが》う動きを封じにかかる。

からめられた指が、次第に熱を持ってきた。

「鳴矢……！」

「……ほんと、淡雪がいてよかった……」

駄々っ子のようにまとわりついてくるのに、耳元ではそんなふうに切々とつぶやく鳴矢に、淡雪の腕から力が抜ける。——やっぱりそうだ。きっとますます遠慮がなくなると思っていた。

こちらの体力を考慮するように頼むことを忘れたまま、淡雪は深く息をついて目を閉じた。

番外編　希景の誤算

希景が紀緒を薬草園に誘ったのは、純粋に、もっと親しくなりたい一心だった。

許婚のふりをして、紀緒の理不尽な縁談を撃退すべく打ち合わせをしていた段階では、それを口実に次の面会の約束をとりつけられたが、縁談をあっさり破棄できてからは、何を口実にすればいいのかわからなくなってしまったのだ。

かろうじて許婚のふりは継続しているものの、このままではそんな関係も自然消滅しかねない。何とかして浮希景という個人に、紀緒の関心を向けられないだろうか。

考え抜いて、紀緒の休日に一緒に出掛けるという、至極単純な案を思いつき、屋外の静かな場所の散策なら断られることもないのではないかと薬草園に誘ってみると、紀緒は思いのほか喜んで、ぜひ御一緒にと言ってくれた。

これで一歩でも前進できるかもしれない。それぐらいの気持ちしかなかったのだ。

「……希景様？」

約束の日、目の前に現れた紀緒は、唇に紅をさしていた。

働いているときの紀緒は、いつも化粧っけがない。それでも充分美しいというのに、自分と出かけるこの日に、紀緒は薄化粧をしてきた。外に出るので女官服でないのはあたりまえとしても、鮮やかな黄櫨色《きはだいろ》の表着《うわぎ》はとても華やかで、紀緒の顔をより明るく見せている。丁寧に結われた髪も、美しい組紐《くみひも》で飾られていた。

思わず見とれて、希景がぼんやり突っ立ったままでいると、紀緒は途惑った表情で小首を傾げる。そんな仕種も可憐《かれん》だ。

「あの……どうかされましたか？」

「失礼。あまりにお美しいので言葉を失いました。その装い、よくお似合いです」

「えっ。あ、あ……ありがとう、ございます……」

感情に言語が追いつかず早口の棒読みになってしまったのに、紀緒は真っ赤になって目を泳がせている。

「あっ、これ、この表着、后にいただいたのです。新しいものですのに、わたしよりあなたのほうが似合うでしょうから、って」

「正しいお見立てですね」

后が着なくなった衣を女官に下賜するのはよくあることらしいが、新品を渡すのは珍しいのではないだろうか。王が常日頃から自慢するだけあって、なかなか寛大な后のようだと、希景はうなずいた。

「もったいなくてなかなか袖を通せずにいたのですけれど……今日、思いきって着てきてよかったです」

紀緒は頰を染めたままにこりと笑ったが、よもや着ているものだけを褒めたと思われたのだろうかと、希景はいぶかる。たしかにとてもよく似合っているが、そもそも紀緒自身が美しいのだ。衣はそれを引き立てているだけにすぎないというのに。

もどかしさを抱えながらも、それを薬草園の門前に突っ立て、くどくど訴えるものでもないと思い、希景は紀緒をうながして中に入る。

園内はちょうど誰もいなかった。典薬寮の役人も、もう帰っているのだろう。

しばし整然と植えられた薬草を眺め、撫子《なでしこ》が咲き始めている、いまは百合《ゆり》と萱草《かんぞう》が盛りのようだ、土針《つちはり》の花はもう終わりらしいなどと話しながら、歩を進める。

「──似児草《にこぐさ》も実がついていますね。丸い実が連なって、かわいらしいです」

「そうですね」

相槌は打つくせに、希景の目は似児草など見ていなかった。紀緒の面差しはどんな花より美しいのだから仕方がない。

「わたくし尚薬《くすりのかみ》と親しいのですけれど、薬草園のことは話に聞くばかりでしたので、来られてよかったです」

「……尚薬に連れてきてはもらわなかったのですか」

「あちらにとっては、仕事場ですから……。でも、今日お誘いいただいたことを話したら、東屋《あずまや》があるから、歩き疲れたら休めると教えてくれました」

「東屋ですか」

ぐるりと見まわすと、たしかに園の片隅に、板葺き屋根の簡素な東屋があった。

「あれですね。あとで寄りましょう。王が菓子を差し入れてくれましたので」

「王が？」

一瞬驚いた顔をして、紀緒は声を立てて笑った。

「わたくしは后に表着をいただいて、希景様は王に菓子をいただいたのですね」

「そう言われれば、気前のいい御夫婦だ」

「お似合いですよね、あのお二人……」

風に乗って、百合の花の甘い香りが鼻をくすぐる。

……百合のせいだ。

紀緒の笑顔をとても甘く感じるのは、この香りのせいに違いなかった。

そう、花に酔ったのだ。そうでなければ、この自分が、こんなに考えなしに、衝動的に、大事な発言をするなど、ありえない。

「私も、あなたと似合いになりたい」

「え？」

「私の妻になってください、紀緒さん」

薄く紅を引いた唇が、半開きになる。

思えば、自分と外出するために美しく装ってくれた紀緒を見たときから、もう冷静ではなくなっていたのかもしれない。

「お願いします。ふりではなく本当にあなたの許婚に、いえ、夫になりたいのです」

「……」

紀緒は魂をどこかへ置いてきたかのように、ぼんやりと立ちつくしていた。喜怒哀楽のどれにも当てはまらないその様子に、希景の焦りがつのる。

どうすればいい。あと何を言えば、色よい返事がもらえるのか。

「あの——来てください！」

何を伝えるにしても立ち話はよくないと唐突に気づき、希景は紀緒の手を引いて、東屋まで足早に歩いた。うっかり摑んでしまった手首が思いのほか華奢《きゃしゃ》だったことに動揺しつつ東屋に入り、備えつけられていた椅子の座面の埃《ほこり》を袖で払って紀緒を座らせると、希景も隣りに腰を下ろす。

紀緒はどこか不思議そうに、希景を見ていた。

「まず、結婚についてですが――」

とにかく紀緒の承諾を得たくて、結婚の時期は紀緒の都合に合わせること、結婚後の生活もできる限り紀緒の希望に沿うようにすることなどを説明し、さらには希景と正式に婚約する利点として、これから後宮に入るかもしれない繁夏麻の話と、その想い人が件《くだん》の芝原悦久かもしれないことまで、語りつくした。

紀緒はときおりうなずきながら、希景の話にじっと耳を傾けていたが、どことなくぼんやりとした表情は、まだ変わらない。

とうとう話すことがなくなって、希景が黙りこんでしまうと、ようやく紀緒が口を開いた。

「……希景様は、どうしてわたくしと結婚しようと思われたのですか？」

今度は希景が口を半開きにする番だった。そんなのは決まっている。

「結婚したいと思うほど、紀緒さんが好きだからです」

「……」

ゆっくりと――紀緒の表情が変化する。

それは喜怒哀楽でいえば、まぎれもなく「喜」だった。

紀緒の頬が再び朱に染まる。

「うれしいです。……ありがとうございます」

「私の求婚、受け入れてくれますか」

「……はい」

とても小さな声ではあったが、たしかに快諾された。希景は両の拳を握りしめる。

「では、御両親にあいさつに行きましょう」

「えっ？　いまからですか？」

「こういうことは早くきちんとしたほうがいいかと」

紀緒の気が変わらないうちに、とは言わないが。

だが紀緒は、微かにさびしそうな顔をする。

「せっかく希景様とここに来られたのですから、もう少し見てまわりたかったのですけれど……」

「もちろんです。日の長い時季です。まだ時間はある。王にいただいた菓子もあります。菓子を食べて、また散策して、ごあいさつはそのあとで」

希景はあっというまに手のひらを返し、懐から菓子の包みを引っぱりだした。

「食べましょう。飴がけの胡桃が美味《うま》そうでしたよ」

「あ、その前に……」

紀緒も懐から小さくたたんだ布を取り出すと、それを希景の額に押しあてる。

「希景様、すごい汗ですよ」

「え。……あ、これは失礼しました」

「希景様でも、あせることがあるのですね」

紀緒が愉快そうに笑い、希景の顔から首の汗まで拭った。

「……あせってばかりですよ、あなたのことは」

気の抜けた声でつぶやいて、希景は視線をさまよわせる。

今日は紀緒ともっと親しくなりたいと——本当にそれしか考えていなかったのに。

知らなかった。恋とはかくも誤算だらけになるものなのか。

「今日、楽しいです。とても……」

面映ゆげな様子の紀緒の、その可憐さに、希景は、いま紀緒に口づけても許されるだろうかと逡巡《しゅんじゅん》していた。

―――本書のプロフィール―――

本書は書き下ろしです。

小学館文庫

王《おう》と后《きさき》

(四) 故郷《こきょう》の昏《くら》い真実《しんじつ》

著者 深山《みやま》くのえ

二〇二三年十月十一日 初版第一刷発行

発行人 石川和男

発行所 株式会社 小学館

〒一〇一-八〇〇一
東京都千代田区一ツ橋二-三-一
電話 編集〇三-三二三〇-五六一六
販売〇三-五二八一-三五五五

印刷所——TOPPAN株式会社

この文庫の詳しい内容はインターネットで24時間ご覧になれます。
小学館公式ホームページ https://www.shogakukan.co.jp

ISBN978-4-09-407303-4